DU MÊME AUTEUR

Les Samourailles, roman, collection Fiction, Hexagone,
1987

Li Tsing-tao ou le grand avoir, collection Fiction,
Hexagone, 1989

Massawippi, poésie, Hexagone, 1992

Comme un vol de gerfauts, poésie, collection Initiale,
Noroît, 1993

Les Vents de l'Aube, poésie, VLB, 1997

Le Voyageur aux yeux d'onyx, collection La Voix des
poètes, Hexagone, 2003

Un vernis de culture

Les Éditions de la Grenouillère remercient de son soutien
financier la Société de développement des entreprises culturelles
du Québec (SODEC).

Gouvernement du Québec – Programme de crédit d'impôt
pour l'édition de livres – Gestion SODEC.

—

Mise en pages : TypoLab
Œuvre en couverture : *Casa Battlo, Antoni Gaudí à Barcelone,* par Giorgio
     Magini, iStockphoto
Photo de l'auteure : Pierre-Henry René

—

CATALOGAGE AVANT PUBLICATION
DE BIBLIOTHÈQUE ET ARCHIVES NATIONALES DU QUÉBEC
ET BIBLIOTHÈQUE ET ARCHIVES CANADA

Boisvert, France, 1959-
     Un vernis de culture
     (Collection Migrations)
     ISBN 978-2-923949-06-2
     I. Titre.

PS8553.O467C47 2012   C843'.54   C2011-941748-0
PS9553.O467C47 2012

—

Les Éditions de La Grenouillère
C.P. 67
Saint-Sauveur-des-Monts (Québec) J0R 1R0

Dépôt légal, premier trimestre 2012
Bibliothèque et Archives nationales du Québec
Bibliothèque et Archives Canada
© Les Éditions de La Grenouillère, 2012

ISBN 978-2-923949-06-2

FRANCE BOISVERT

Un vernis de culture

nouvelles

Les Éditions de La Grenouillère

L'appartenance

La laideur a ceci de supérieur à la beauté
qu'elle ne disparaît pas avec le temps.

SERGE GAINSBOURG

C E MATIN-LÀ, avant de partir au boulot, Martine Landry écoutait à la radio son cousin Gabriel faire la promotion de son nouvel album intitulé *Le Sentier des Cantons*. Gabriel, le beau Gabriel ! L'artiste de la famille. Gabriel avait réussi à percer dans la chanson. Parti d'une petite ville perdue dans les Appalaches, Gabriel était monté à Montréal faire carrière dans le showbiz. Il savait qu'il mettait sa vie privée en péril dans ce monde de potins, de rumeurs et autres inepties montées en épingle. Ciblé par les commères qui se relayaient les unes aux autres à la barre des petits journaux, Gabriel, le beau Gabriel aux yeux bruns.

Martine en connaissait des choses sur lui ! Son charme fou, sa belle voix, mais aussi son enfance d'éclopé, la dureté de sa mère, sans parler de son père alcoolique... Il en avait fait du chemin pour se sortir de là et arriver ici, le beau Gabriel. Il avait dû en baver. L'interview à la radio prit fin et,

encore sous le charme de la voix suave de son charmant cousin, Martine alla se poudrer le nez, enfiler
son manteau, ses bottes, et partit travailler. Martine Landry était shampouineuse dans un salon de
coiffure, rue Saint-Denis, véritable village où tout
le gratin culturel défilait. La réputation du patron
n'était plus à faire ; lui aussi était un « grand artiste »,
disait-on allègrement.

Martine passa toute la matinée les mains dans
l'eau tiède, une eau douce, « ni trop chaude, ni trop
frette » comme elle se plaisait à dire. Des heures à
palper, masser et pétrir le cuir chevelu, puis rincer
les cheveux fins, épais, rebelles, tantôt ondulés ou
cassés, tantôt naturels ou teints de ces starlettes
artificielles. Jour après jour, chacune s'épuisait à
faire parler d'elle à qui mieux mieux dans les hebdos,
les petits journaux et les promos. Or, ce matin-là,
Martine ne les écouta pas pérorer. Encore imprégnée par les paroles de Gabriel – « l'amour ne prend
pas de détour... », Martine lavait machinalement
ces cheveux blonds, bruns, roux, châtains, auburn
ou noirs tout en repassant dans sa tête l'entrevue
qu'il avait donnée à l'émission du matin. Mais, au
fil de ses souvenirs, Martine se rendit compte que,
dans chacune de ses phrases, Gabriel avait répété
les mots « appartenance » et « racines » la plupart du
temps. Elle se dit alors que son célèbre cousin avait
voulu insister sur l'importance de la famille et parler
de son patelin où il avait fini par revenir après avoir
réussi à percer dans la carrière et enfin enregistrer
quelques disques compacts. Elle s'était laissée dire
par une de ses tantes qu'il avait acheté l'ancienne
maison familiale et qu'il s'y retirait pour écrire, à

l'occasion. L'habitation se trouvait dans un petit village aux confins des Cantons, sis à la croisée de chemins dont l'un menait à la frontière américaine.

Martine se demanda pourquoi il était retourné là-bas, car, depuis toujours, il avait voulu voyager. D'ailleurs, toujours sur la route, en allé par-ci, par-là pour quelque spectacle, Gabriel ne se présentait jamais aux fêtes de famille. Puis l'heure du lunch arriva et Martine passa à autre chose. Manger un morceau, par exemple. Sylvie, la spécialiste des mèches, voulait des sushis ; Carole, la pro du défrisage, du poulet. Les trois filles se décidèrent pour le snack-bar voisin où le chef, Antoine, qu'elles coiffaient gratuitement, leur ferait tout cela. Elles enfilèrent leur manteau et leurs bottes puis sortirent en gonflant leur chevelure dans la lumière d'avril.

Le restaurant était un de ces *diners* typiquement américains aux allures rétro de style Art déco. Négligé par l'ancien propriétaire qui s'était chicané avec les inspecteurs de la Ville, le petit restaurant avait fait l'objet d'une saisie avant de faire banqueroute dans les années 1990. Nino Valparaiso avait acheté le resto pour une bouchée de pain. Il l'avait entièrement retapé, tâchant de reproduire l'intérieur d'un wagon-restaurant à force d'accessoires en inox, vinyle et formica au-dessus desquels il avait suspendu de rutilants néons. Son look faisait fureur dans tout Montréal. Quand on y entrait, on avait l'impression d'être loin du Québec ; comme si, en cinq ou six minutes, on avait voyagé jusqu'à sur les côtes du Maine. Une fois installés, les clients pouvaient imaginer Old Orchard, Kennybunkport ou Ogunquit, le défilement des voitures simulant le

bruit des vagues. Seule la vue des bancs de neige sur-
montés d'une croûte dure, noire et persistante rappelait qu'on était bel et bien à Montréal en fin d'hiver,
loin des somptueuses côtes de l'Atlantique.

Martine entra la première dans le restaurant en
souriant, suivie de Sylvie et de Caro, tout ébouriffées.
Elles se firent assigner une des meilleures tables, près
de la fenêtre d'où elles pouvaient voir passer les gens
se promenant sous le soleil de midi. Tout de suite,
le garçon leur apporta les menus. Affamées, Martine, Sylvie et Caro s'y plongèrent pour y trouver
une soupe tonkinoise, un vol-au-vent et... du pâté
chinois. Les trois coiffeuses déposèrent la carte; le
garçon revint rapido presto noter leur commande.
Elles profitèrent ensuite de l'attente pour ajuster
leur maquillage, faisant mille facéties pour attirer
l'attention des badauds des tables voisines.

*

Accompagné par son agent, Gabriel avait fait la
tournée des émissions de radio matinales. Les réac-
tions à ses chansons le décevaient. Il s'était toutefois attiré quelques bons mots des animateurs; cela
allait de l'accueil poli à l'effervescence manifeste
en passant par le traditionnel intérêt marqué. Une
fois seul, content malgré tout de sa performance,
Gabriel prit son après-midi pour se reposer puis,
galvanisé par le succès relatif de ses démarches, il
décida d'aller dîner en public. Une fois sorti du quartier des affaires où nichaient la plupart des postes
de radio et de télé, il se retrouva rue Saint-Denis,
non loin du salon de coiffure où l'une de ses cousines

travaillait. Comment s'appelait-elle déjà? Louison? Caroline? Sylvette? Il ne savait plus, il avait trop faim. Joyeux, il pensa que ventre affamé ne se souvient jamais de rien et qu'il pourrait en faire une chanson. Il continua à marcher dans le soleil.

Soudain, pas loin de Saint-Joseph, Gabriel vit un super restaurant en forme de voiture de train. Il s'en approcha pour lire le menu et, sans hésiter, il y entra. Évidemment, toutes les têtes se tournèrent vers lui pour le dévisager. Était-ce bien Gabriel Landry, le beau chanteur des Cantons-de-l'Est? Une rumeur emplit les lieux et excita tout l'aréopage, notamment la gente féminine transformée qui en midinettes, qui en pitounes, qui en catins. Même les hommes étaient émus par la présence du chanteur aux longs cheveux blonds et au port altier toujours élégamment vêtu de noir. Ils aimaient sa force tranquille et son talent de guitariste. Gabriel Landry plaisait à tout le monde, en somme. Entre deux bouchées, chacun, chacune, gars ou fille ne se demandait plus si le beau chansonnier qui venait d'entrer était bien celui dont toute la ville murmurait le nom, celui-là même qui venait de lancer un album dont on avait vanté à la radio ce matin les qualités acoustiques, la finesse des arrangements et la poésie des chansons.

Comme il était entré au plus fort de l'affluence, le patron le fit patienter sur un banc à côté de la caisse enregistreuse, souhaitant qu'une place se libère au plus tôt. En l'apercevant, Martine, tout émue, dit à ses amies de fille que le beau gars qui venait d'arriver était son cousin! Elle leur demanda gentiment la permission de l'inviter à leur table. Les yeux ronds,

Sylvie et Caro firent un signe affirmatif de la tête avant de s'étouffer chacune dans leur verre d'eau tant elles étaient excitées par l'événement. Martine se leva, replaça ses vêtements, histoire d'être tirée à quatre épingles, puis s'approcha du comptoir où le patron s'apprêtait à offrir une bière «aux frais de la maison» à l'artiste bien connu du monde de la chanson. Elle lui tapota l'épaule et se présenta, toute rouge, à la limite de l'hyperventilation.

— Bonjour, Gabriel. Je sais pas si tu me r'connais, mais... c'est moi, Martine, ta cousine, tsé, là, là...

— Martine? Martine, ma cousine? Maudit criss! Cé pas vra qu'cé toé! Tu ressembles donc ben à ta mère!

— Penses-tu! Ben oui, c'est moi, Martine! Je travaille au salon d'à côté! Je te présente Sylvie et Caroline, assises là-bas, qui travaillent avec moi.

— Salut les filles! Faque, cé toé, Martine, ma cousine coéffeuse! Ostifi! Stie que chu content de t'voir, sacrement! Martine, ça fait donc ben longtemps! I'me semble que t'étais encore une 'tite fille, la dernière fois que j't'ai vue, tabarouette! Martine! Le visage de ma mère!

— Ben oui, Gabriel! Mais, toi aussi, tu d'vais être ben p'tit parce qu'on n'a pas grand différence d'âge, toi pi moi, genre!

Là-dessus, cousin et cousine éclatèrent de rire en se faisant l'accolade. Après avoir repris son souffle, Martine l'invita encore à venir à sa table rejoindre ses deux copines, qui, éberluées, s'étaient retournées sur leur chaise pour suivre la scène. Elles n'en croyaient toujours pas leurs yeux. Gabriel ramassa sa veste de cuir; le patron le suivit avec sa bière, le sourire fendu jusqu'aux oreilles. Toutes les personnes présentes dans le restaurant étaient émoustillées par la présence de la vedette qui avait transformé une clientèle d'empotés en une troupe d'excités qui diffusaient l'événement sur leurs réseaux sociaux en pitonnant « Ié tici » entre les plats.

L'heure du dîner passa rapidement. Nos trois cocottes ne touchèrent pas vraiment à leur assiette. Elles se pâmaient trop en regardant le bel homme, les deux yeux dans la graisse de *beans*. Après avoir enfilé un sandwich au fromage avec laitue, tomate et mayonnaise, le beau Gabriel siffla deux autres bières et, un peu plus à l'aise, commença à faire la conversation avec sa cousine.

— Comme ça, Martine, té coiffeuse dans la grande ville ! Pis, t'aimes-tu ça, coudonc, laver des cheveux ?

— Ben, c'est sûr que c'est pas comme chanter des chansons... commença Martine, un peu inti-midée par la question, surtout qu'elle était devant ses deux collègues de travail qui iraient raconter toute l'affaire à leur patron, l'irascible monsieur Antoine. Mais toé, Gabriel, poursuivit-elle, aimes-tu ça, être une vedette et pis faire des spectacles, tout le temps en tournée, comme ça ? C'est pas un peu fatigant, à la longue ?

— Cé sûr que quand ta tournée commence, faut que tu la fasses, veut, veut pas, beau temps, mauvais temps. Mais une fois qu'cé fini, ben tu r'tournes à maison te r'poser, pi ton compte en banque est ben plein, faque tu peux penser à faire in disque ou ben prendre des p'tites vacances, genre. Faque cé ben l'fun pareil...

— Te souviens-tu quand t'étais p'tit, comment t'aimais chanter devant toute la famille? fit Martine, toute remuée par les réminiscences spontanées de son enfance dorée.

— La famille, la mère, le père... répondit Gabriel, le regard dur, soudainement fixe.

Un long silence vint plomber la conversation. Le garçon commença à desservir, mais il n'eut pas le temps de faire grand-chose. On ne sait trop si c'était l'effet désinhibiteur de l'alcool ou bien la rencontre avec sa jolie cousine qui, en ressassant le passé, avait déclenché sa formidable réaction; quoi qu'il en soit, Gabriel s'emporta en maugréant d'abord tout bas pour en venir à crier comme un détraqué : «La famille! La maudite famille! Cé pas vrai que, aujourd'hui, tu vas m'casser les oreilles avec ma cliss de famille du câlisse!» De belle bête de scène, Gabriel devint un animal enragé. Il se déchaîna.

Martine et ses copines ne savaient pas trop ce qui se passait; elles sentirent la soupe chaude quand il se mit à leur lancer des poignées de frites, des biscuits salés et tous les aliments tiédis ou froids qui lui tombaient sous la main. Qu'elle soit solide, gluante ou en voie d'effritement, toute la nourriture y passa en ordre et en désordre dans une pluie colorée ajoutant un peu de vie à une journée qui virait au gris. Effrayées, Sylvie et Caro partirent sans payer, tout en ôtant des miettes d'aliments logées dans leurs cheveux pendant que le garçon de table, voyant que la situation dégénérait, s'ingéniait à composer le 911 sur son cellulaire. Les autres clients réglèrent sans attendre la monnaie; seule Martine resta, se demandant ce qu'elle avait bien pu dire pour engendrer pareille tempête dans un verre d'eau qui virait au tsunami.

— Qu'est-ce que je t'ai dit, Gabriel, pour que tu te fâches de même? Voyons donc!

— Kessé tu m'as dit? Kessé tu m'as dit? Tu me d'mandes kessé tu m'as dit? Mais tu m'as rien dit pantoute, maudite niaiseuse! Tu m'as parlé de ma clisse d'estie de famille!

Là-dessus, le beau Gabriel devenu enragé renversa la table, cassa deux chaises et, avec le dossier d'une troisième, assomma sa cousine retrouvée en cette belle journée de printemps. Le patron, outré, s'approcha du chanteur avec le cuisinier pour le neutraliser et le mettre à la porte *manu militari*. Dans l'échauffourée qui suivit, Gabriel se saisit d'un couteau et menaça de s'en servir contre sa cousine qui gisait de tout son long sur une banquette. L'intensité atteignit son paroxysme quand deux jeunes policiers fraîchement diplômés entrèrent en action; l'un sortit son pistolet et tira. L'autre en resta baba. Le coup de feu mit fin à la carrière du chanteur.

Deux jours plus tard, réanimée aux soins intensifs du Grand Hôpital central, Martine Landry tentait de recoller les morceaux de ce qui lui était arrivé, ne comprenant pas grand-chose au puzzle formé de cette suite de péripéties. Puis elle se souvint de l'entrevue à la radio, ce matin-là, interview qu'elle avait écoutée avec tant d'attention... et, plus tard, revinrent les mots «appartenance» et «racines». Les médicaments firent leur œuvre en anesthésiant toute douleur. Enfin, Martine s'endormit, oubliant son reste.

Il y eut enquête de police. Le jeune flic qui avait tiré n'avait pas été réglo. L'impresario de l'artiste fit jouer ses relations. Dans le showbiz, on ne meurt pas sans faire de bruit. Le coroner enquêta publiquement. Au Québec, on ne badine pas avec les vedettes atteintes de projectiles d'armes à feu. Martine finit par guérir et obtint son congé. Bref, tout rentra dans l'ordre. Quoi qu'il en soit, Martine ne comprit jamais vraiment ce qui était arrivé à son cousin, ce midi-là, sinon qu'à force de vouloir s'enraciner dans le village de son enfance, Gabriel avait fini par y creuser sa tombe.

Le monde de l'envers

Le Beau est toujours bizarre.

BAUDELAIRE

MALGRÉ son visage insolite, Ruth La Mothe s'ingéniait à vouloir faire de la télévision. Dans la jeune vingtaine, à la fin de ses études collégiales en communications, elle avait commencé à la télé communautaire avec des clips portant sur les artistes du Plateau. Puis elle avait grimpé un à un les échelons, passant du statut de laideron à celui de grande galoche aux réparties piquantes toisant les politiciens de la scène municipale... Un jour, enfin, Ruth devint animatrice sur les ondes de KCCA occupant le prestigieux créneau des services à la communauté, en matinée. Elle avait finalement abouti après avoir évité maintes conseillères en beauté et autres chirurgiens plastiques, pistonnée tantôt par un gay vieillissant (lui trouvant un indéfinissable je ne sais quoi), tantôt par une féministe (décidée à en faire quelqu'une). Finalement, au fil des ans, on ne sait trop ni comment, ni pourquoi, sa cote d'écoute avait peu à peu augmenté pour plafonner à un audimat enviable lui assurant une permanence à l'antenne.

Triés sur le volet, les publicitaires de son émission donnaient dans les produits de luxe, les parfums et aromates venant relever la fadeur quotidienne dans le salon mat des jeunes ménages branchés. Ruth ne s'embarrassait ni de la gauche ni de la droite et, bien qu'on voulût lui attribuer le titre d'«intellectuelle», elle refusait invariablement de se situer politiquement, arguant ne pas avoir complété son *baccalauréat ès arts*. Sa réponse désolait les esprits fins (il y en avait encore) et amusait les spécialistes de l'image qu'elle invitait régulièrement à l'émission, car si les gens aiment bien en apprendre sur les vedettes de la pop, ils adorent connaître le mécanisme activé par les ficelles que l'on tire derrière l'écran.

Les années passèrent. Et c'est ainsi qu'à l'aube de ses quarante ans, Ruth La Mothe eut une révélation. Tôt le matin, devant la glace, tout en appliquant une crème de jour, elle constata la présence de pattes d'oie de part et d'autre de chacun de ses yeux. Décidée à se dérider, et sans penser aux conséquences de son geste, elle prit rendez-vous chez un omniplasticien archiconnu, membre en règle de l'élite westmontaise. Puis s'en fut.

Une fois à l'Institut Chairlift, examinée par le menu, on lui suggéra de se faire botoxifier un peu par-ci, beaucoup par-là. De fait, Ruth était si unique qu'elle constituait un cas intéressant pour la profession; or personne n'osa le lui dire étant donné l'audimat que l'on sait et sa situation enviable dans la monarchie de télépacotille. Une secrétaire gouailleuse pensa tirer profit de sa visite en téléphonant à ProStar, revue *cheapo-people* où elle connaissait une potineuse de haut vol raffolant de ragots et payant ferme la divulgation de pareils secrets. Hélas, la journaliste jaune ne la crut point. «A beau mentir qui vient de loin!» répondit-elle, lui raccrochant le téléphone au nez, outrée. Pourtant, à la clinique, l'employée avait le nez dessus. C'est pourquoi elle pensa photographier avec son cellulaire la vedette télévisuelle dans le bureau de l'omniplasticien, en proie à l'indécision. Mal lui en prit; une autre la vit s'échinant à machiner et la dénonça à qui de droit, ce qui mit fin illico à son contrat. Ruth La Mothe put poursuivre en paix sa consultation. Personne ne viendrait canarder sa confession esthétique.

Dr Dulude, plasticien en chef, était un homme d'expérience. Il avait vu le tout du pire dans sa carrière. Il prit donc l'affaire en main, la dévisagea longuement et, sans mot dire, se demanda comment tirer parti de pareille physionomie. Il installa sa future patiente devant l'écran et se surprit à scénariser intérieurement les coupes, plis et replis de l'hypoderme qu'il aurait à tirer, voire à retrancher de ce visage composite qui, sans être absolument vilain, prêtait à une certaine répulsion.

Ruth La Mothe n'avait pas la langue dans sa poche. De fait, s'expliquer constituait le moindre de ses soucis. Elle lui lança : «Docteur, je ne veux pas vieillir. Être laide m'indiffère; mais être vieille, jamais!» Contre toute attente, le Dr Dulude fit mine de ne pas l'avoir entendue, alluma son ordinateur et activa le logiciel de recomposition du visage qu'il avait fait bricoler par un crack du nombre d'or lors d'un colloque à San Francisco.

Le médecin sortit ensuite son appareil photo, ce qui la fit taire quelques instants. Il profita du silence retrouvé afin de mitrailler ce visage pour ensuite télécharger quelques clichés à l'écran. Il cliqua sur les points principaux du visage et le logiciel fit le reste en étalant paramètres et autres analyses du rapport entre le front, les sourcils, les yeux, le nez, ses ailes, la bouche et le menton. Le résultat le fit sourciller : si la symétrie parfaite était de 1,618, le chiffre signant la dysharmonie de Ruth était composite parce qu'il différait un tout petit peu d'un organe à l'autre. Cette irrégularité conférait au visage une plasticité particulièrement protéiforme. Étonné, le Dr Dulude toisa sa patiente tout en calculant le prix des chirurgies qu'il allait lui offrir. Or, au terme de sa comptabilité intérieure, il trouva sa patiente si intéressante que, du coup, l'animatrice devint radieuse à ses yeux. Il sortit alors un drôle d'instrument de mesure rappelant un compas dédoublé.

—N'ayez pas peur, madame La Mothe. Je vais procéder à certaines mesures. J'ai l'habitude de ce genre d'outil. Il s'agit là d'un double compas...

— Oui, docteur Dulude... fit la femme au visage moche, en frémissant.

— ... qui me permettra d'établir avec exactitude les proportions de votre visage...

— Oui, docteur Dul... souffla Ruth en tournant de l'œil. Elle, qui avait toujours eu la phobie des objets confondants, fut singulièrement troublée par l'aiguille si pointue.

Ruth La Mothe évanouie, le Dr Dulude en profita pour demander à sa secrétaire de venir lui prêter main-forte.

— Judith?

— Oui, docteur?

— Venez m'aider tout de suite!

— Oui, docteur!

Une fois sur place, la jeune femme constata la situation.

— Oh! Jésus, Marie! Elle est par terre avec votre compas dans la joue! Docteur! Vite! Ça saigne!

— Prenez-lui les jambes, on va la mettre dans la salle d'op! Vite, Judith, vite! tonna-t-il, alarmé, en soutenant le tronc de sa patiente.

Aussitôt dit, aussitôt fait. Par la suite, il fit appeler l'anesthésiste d'urgence et il alerta ses deux infirmières qui dormaient dans la salle de réveil. Après avoir retiré son double compas de la joue de Ruth, il procéda à la désinfection de la plaie et il entreprit de l'intuber *manu militari*. Vite, vite, il fallait réparer cette gaffe épouvantable! Un visage si fameux! Il allait tout réparer et elle ne s'en souviendrait même pas! L'anesthésiste arriva en trombe, suivi des deux infirmières qui se précipitèrent sur le matériel d'asepsie pour se brosser becs et ongles, doigts et mains jusqu'à l'avant-bras d'une solution orange d'acide phénique avant d'enfiler les gants de latex. Une fois les sarraus et masques passés, tout ce beau monde se précipita autour de la patiente et le spécialiste de la sédation entra en action.

Ce jour-là, Ruth La Mothe dormit plus que de coutume. Plus tard, quand elle ouvrit les yeux dans la salle de réveil, elle se demanda ce qu'elle y faisait, ne se souvenant de rien. Un infirmier au torse remodelé par des implants cartonnés vint à son chevet la rassurer: «Madame La Mothe, vous êtes si belle,

vous n'en croirez pas vos yeux! Si belle, si belle!»
Ruth demanda à voir, histoire de vérifier, car, sans
connaître *Le Discours de la méthode* de Descartes, elle
pratiquait en toute chose le doute méthodique. Le
garde-malade musculeux lui tendit une glace dans
laquelle elle se mira. Quand Ruth se vit, stupéfiée,
elle figea. Ce visage-là lui était inconnu! Non, cette
belle, ce n'était pas elle! Et ces yeux-là, parfaitement
alignés, n'étaient pas les siens non plus! Ce nez à
l'arête impeccable, quelle horreur! Ce menton rape-
tissé, ces ailes du nez équilatérales, ces pommettes
saillantes en sus, non, non, non et non! Pas elle! Ce
n'était plus elle! Mais qui était-ce?

Voilà qu'elle était devenue une beauté inconnue.
L'Autre émergeant de l'ombre avait révélé sa Némésis.
Sur ce, Ruth s'évanouit de nouveau. Et l'infirmier,
complètement dépassé, de héler le docteur.

Plusieurs semaines passèrent, ponctuées de
séances de thérapie et autres activités de récogni-
tion aux frais du Dr Dulude et de l'Institut Chairlift. Quand Ruth La Mothe retourna en studio
pour enregistrer son émission, chaque membre de
l'équipe lui fit des compliments et tout un chacun
y alla d'un mot gentil, la félicitant avec émotion. Ce
jour-là, Ruth comprit que sa vie venait de changer à
jamais. Chaque flatterie lui fit mal; chaque remarque
polie triturait sa blessure. Ruth enregistra tout de
même l'émission et la directrice de production fit
une réunion où l'on se demanda comment l'audi-
toire allait réagir. On le sut rapidement. Du jour au
lendemain, le nombre de téléspectateurs se réduisit
à presque rien, telle une peau de chagrin, tant et si

bien qu'en peu de temps, Ruth La Mothe disparut des ondes à jamais.

Ne passant plus l'écran, elle devint représentante pour une chaîne pharmaceutique. Dernièrement, une importante firme de produits cosmétiques a retenu ses services pour relooker leur nouveau parfum, Glaçure.

Morale en rase-mottes

Ce n'est pas dans la glace qu'il faut se considérer. Hommes, regardez-vous dans le papier.

HENRI MICHAUX

D ÉCIDÉMENT, il n'y avait rien à faire. Nathalie Riendeau avait beau la saluer de son plus beau sourire, Jocelyne Picotte persistait à ne pas lui retourner la politesse. Pis encore, depuis quelques jours déjà, elle feignait de ne pas la voir! La situation s'envenimait, car Nathalie et Jocelyne étaient collègues depuis des années et travaillaient quotidiennement dans des bureaux contigus, en plus d'occuper un poste similaire au même niveau hiérarchique, voire d'être au même échelon salarial, à la direction d'une grosse boîte du centre-ville.

Nathalie Riendeau se demanda ce qui s'était passé pour que Jocelyne perde tout sens commun et lui tienne ainsi la dragée haute. À leur niveau, où la civilité est de mise, ce genre de comportement n'avait pas de sens! C'était là un geste inconvenant que d'éviter une collègue, voire d'en nier la présence. Il est vrai que Jocelyne Picotte avait gagné beaucoup d'argent en publiant un petit livre sur les taux d'intérêt ; l'opuscule se vendait partout, à bon marché, tant dans les grandes surfaces que dans les petites épiceries et dans les présentoirs, tout en haut des distributrices à bonbons des dépanneurs. Nathalie jugeait que c'était un produit dont personne n'avait besoin depuis l'avènement des calculettes. Mais voilà, de nos jours, on ne se donne même plus la peine de faire la moindre opération mathématique. Quel monde. Prudente en toute chose, Nathalie donna un coup de fil au conseiller juridique de son association, car elle s'empêtrait dans une situation qui perdurait, ce qui ajoutait à son embarras. Or, en son absence, elle dut laisser un message dans sa boîte vocale. Ensuite, elle ôta son manteau, son foulard de soie et ses gants, puis se fit les ongles avec minutie. La manucure est si importante quand on rencontre le client.

Plus tard dans la journée, le juriste lui retourna son appel pour lui expliquer que la situation qu'elle décrivait ressemblait à du *mobbying,* chose illégale depuis la promulgation de la loi contre le harcèlement psychologique dans le Code du travail en 2004. Il allait en vérifier la définition juridique pour savoir si la situation correspondait et si tel était le cas, il y aurait lieu de porter plainte auprès de la direction des ressources humaines. En terminant, il la prévint de noter tous les faits et comportements d'évitement de Jocelyne Picotte afin d'ouvrir un dossier à son sujet. Là-dessus, Nathalie Riendeau mit fin à ses ruminations pour se mettre au travail. Elle s'attaqua au rapport comptable qu'elle devait terminer incessamment. Puis elle demanda à Kathleen, sa secrétaire, d'aller au courrier. Sur ces entrefaites, elle en profita pour faire du café et plongea dans son travail de rédaction.

Quand vint l'heure de dîner, Nathalie sortit de son univers de chiffres comme on sort d'un rêve. À force de vouloir atteindre la clarté absolue, elle s'embrouillait en une suite de mots dénués de sens qui finissaient par intoxiquer sa démonstration. En proie à la migraine, elle se leva et alla jeter un coup d'œil à la fenêtre en s'oignant les mains d'une gelée antibactérienne. Voilà qu'il pleuvait à boire debout en plein mois de février. Triste spectacle. L'horizon embrumé se verglaçait peu à peu ; quant au stationnement, il prenait l'allure d'une patinoire où les automobiles allaient gésir, glissant dans le grésil. Elle vit alors l'air bête à Jocelyne Picotte marcher prudemment entre les flaques, le visage fermé, vide d'expression. En catimini, Kathleen entra, s'approcha avec le courrier et, curieuse, s'étira pour voir qui sa patronne regardait de la sorte. Nathalie, sentant la présence de quelqu'un, se tourna et s'exclama, surprise :

— Ah ! C'est vous, Kathleen !

— Oui, Madame. J'apportais le courrier comme vous me l'avez demandé, et j'ai fait toutes les photocopies qu'il fallait pour la rencontre que vous savez...

— Déposez mon courrier sur le bureau. Nous verrons cela plus tard. Oui, mettez les documents où il y a encore une petite place ! Merci beaucoup ! fit Nathalie Riendeau, reprenant contenance.

— Pensez-vous pouvoir terminer votre rapport aujourd'hui ? demanda Kathleen, poliment.

— Oui, ma chérie. Dès demain, vous pourrez en faire la révision orthographique avec votre correcteur électronique et trouver une présentation un peu plus… comment dire?

— Jeune, sexy et dynamique? lança la jeune secrétaire, effrontément.

— Oui, très juste! répliqua Nathalie Riendeau voulant marquer le coup. Mais dites-moi, Kathleen, est-ce que c'est moi qui… ou bien… ne trouvez-vous pas que… Mme Picotte, oui… a bien changé depuis quelque temps?

— Oh là là! Moi, je ne m'embarquerai pas là-dedans! fit Kathleen les yeux au ciel.

— Mais enfin, Kathleen… que voulez-vous dire? lança sa patronne en sourcillant.

— Mme Picotte suit des traitements, chuchota la secrétaire qui savait tout. Vous êtes bien la seule à ne pas être au courant! poursuivit-elle avec un air de fouine.

— Des traitements? En voilà une drôle d'idée!

— C'est ce que toutes les filles se disent, tsé… comméra la secrétaire, un brin écervelée.

— Mais enfin, de quelles sortes de traitements s'agit-il? murmura Nathalie pour elle-même.

— Vous n'avez pas remarqué? Si vous la regardez avec attention, vous allez vous en apercevoir tout de suite, madame Riendeau. Tout de suite. C'est patent.

— Tout le monde est au courant sauf moi, dirait-on! Oh là là! Kathleen! Allez vite dîner! Vous me raconterez tout cela plus tard entre deux lettres! Vite, vite! Allez-vous-en!

27

*

C'est ainsi que la journée passa, ponctuée de «ho!» et de «ha!» enroulés dans la tessiture d'une rumeur qui avait fini par aboutir à son élucidation, celle concernant les fameux traitements de Mme Picotte, adjointe au directeur des comptes à payer et du service à la clientèle.

Terraformation était une boîte de communications établie en plein cœur d'une grande ville vrombissant d'activités. Spécialisée dans les services comptables, la maison offrait aussi une expertise en communications avec option éditique pour les rapports annuels d'entreprises cotées en Bourse. Il y avait bien près d'une centaine d'employés qui y travaillaient : des administrateurs patentés, d'habiles gestionnaires, quelques anciens journalistes devenus communicateurs ou animateurs d'occase et tout un bataillon de secrétaires, réviseurs et traducteurs venait gonfler le lot. Nathalie Riendeau et Jocelyne Picotte avaient le même âge; elles détenaient chacune une maîtrise qu'elles avaient achevée et soutenue la même session, voilà plus de vingt ans, bref tout les reliait et les destinait à un brillant avenir. Nathalie Riendeau, mariée à un notaire stressé, était du type tranquille et posé; Jocelyne Picotte, elle, plus renfrognée, bambochait sur le web à la recherche d'un flirt et collectionnait les aventures comme d'autres les cartes d'anniversaire. Quand Jocelyne se mit à faire la nique à Nathalie, cette dernière soupçonna une énième déconfiture psychoaffective chez sa consœur. Or, contre toute attente, cet après-midi-là, Nathalie apprit par sa secrétaire qu'il en allait autrement.

Bien qu'elles travaillent sans arrêt, les secrétaires prennent le soin de toujours regarder ce qui se passe autour d'elles, s'accaparant et nourrissant tous les ragots qui fleurent le scandale dans l'entreprise. Elles s'attachent à des détails comportementaux qui, ordinairement, n'intéressent personne, les accumulent, tâchant de les relier les uns aux autres comme autant de signes annonciateurs de quelque nouvelle affaire. Et, quand il ne se passe rien, elles se fabriquent un téléroman maison. Kathleen n'échappait pas à la signature de sa profession et savait tout des fameux «traitements» que suivait l'air bête à Jocelyne Picotte, affectée à la section des comptes à payer et au service après-vente.

— Alors, Kathleen, dites-moi tout! souffla Nathalie Riendeau, après avoir fait la moitié du courrier avec sa secrétaire soi-disant omnisciente.

— D'abord, commença la jeune femme un peu intimidée d'avoir autant d'attention de sa patronne, je dois préciser que je ne suis pas tout à fait sûre...

— Allez-y, dites ce que vous savez, nous vérifierons ensuite! lança Nathalie avec optimisme.

— Ben, vous n'avez pas remarqué combien elle avait rajeuni ces dernières semaines? fit Kathleen, la tête penchée d'un air entendu.

— Mais enfin, elle n'est pas très vieille non plus... répondit une Nathalie pensive, avançant sûrement dans la quarantaine et sachant sa collègue du même âge qu'elle-même.

— Non, je veux dire qu'elle a l'air vraiment plus jeune? insista la secrétaire.

— Si je comprends bien, il ne s'agirait pas de traitements psychologiques.

— Vraiment pas, madame Riendeau.

— Parlons-nous de chirurgie plastique, alors? s'enquit l'ex-bachelière des HEC.

— Pas vraiment non plus.

— Mais enfin, Kathleen, cessez de jouer aux devinettes avec moi! Et racontez!

— Bo-tox.

— Non!

— Oh que si!

— Finies, les rides d'expression qui ajoutent des années à la physionomie?

— Pire que ça, Madame. Bien pire.

— Quoi? Qu'est-ce qui peut donc être «pire», comme vous dites, Kathleen?

— Trop.

— Quoi?

— Trop de botox.

— Non!

— Si!

— Mais le Botox a un effet qui se dissipe à un moment donné, non?

— Pour l'instant, Mme Picotte n'a plus de rides d'expression ni d'expression tout court dans son visage.

— Êtes-vous en train de me dire que Jocelyne Picotte est actuellement incapable d'exprimer quelque émotion que ce soit? Comme c'est étrange... fit Nathalie, à la fois navrée et soudainement animée d'un irrépressible désir de se venger d'une collègue méprisante qui refusait encore et toujours de la saluer. Écoutez, Kathleen, ce sera tout pour aujourd'hui. Nous continuerons le courrier demain. Je dois terminer mon rapport, vous comprenez?

— Je comprends tout à fait, madame Riendeau. Vous pourrez compter sur moi demain.

— Je vous remercie de votre soutien, ma chérie. Tenez, partez plus tôt aujourd'hui, car, demain, vous pourriez rester une heure ou deux de plus...

— Oui, madame. Vous pouvez compter sur moi, insista la secrétaire, jouant les importantes.

Là-dessus, Kathleen se leva, passa la porte et mit son imperméable qu'elle boutonna jusqu'au cou. Et, armée d'un parapluie, traversa sous l'ondée un parking glissant maintenant sillonné de rigoles. L'accumulation de précipitations additionnées aux neiges encroûtées obligeait les uns et les autres à circuler entre des îlots de gadoue gelée. Ce soir-là, Kathleen embarqua dans sa petite voiture et, contente de l'effet ses potins, quitta son travail bien avant l'heure de pointe.

*

La semaine suivante, quand Nathalie salua Jocelyne, qui ne lui répondait toujours pas pour mieux l'ignorer, elle ajouta quelques méchancetés. Voyant que l'autre s'enfonçait dans sa bulle, Nathalie Riendeau s'enhardit de jour en jour et, un bon matin, dans l'ascenseur, alors qu'elles montaient toutes les deux au trente-sixième étage, Nathalie en profita pour accabler sa collègue atone d'épithètes épouvantables, d'injures et autres bêtises. Mal lui en prit. Ayant prévu le coup, Jocelyne sortit de sa poche son cellulaire où elle avait enregistré l'esclandre à l'insu de Nathalie. Ensuite, elle alla porter plainte pour harcèlement psychologique auprès de la direction qui régla l'affaire en affectant la fautive à un poste de préposée à la documentation au sous-sol.

Flairant une occasion d'avancement, Jocelyne Picotte posa sa candidature pour le nouvel emploi, passa les tests psychométriques et obtint le poste de Nathalie Riendeau. Une fois en fonction, elle évalua la secrétaire, la recala pour incompétence et en engagea une autre, puis une autre encore, arguant chercher plus de jugeote que de parlotte. Tous les membres de la direction louèrent son sang-froid. Sa froide atonie, désormais proverbiale, devint signe de pragmatisme. Maintenant au faîte de sa carrière, Jocelyne Picotte s'appropria le rapport achevé de Nathalie Riendeau, fit refaire la présentation par l'infographiste de service et en tira bien des avantages, dont celui d'être traitée avec encore plus de considération de la part de ses patrons.

D'ailleurs, cette année-là, la direction de l'entreprise récompensa l'une par un appréciable bonus et remercia l'autre de ses services.

Viande à chien

Nous sommes de la viande, nous sommes des carcasses en puissance. Si je vais chez un boucher, je trouve toujours surprenant de ne pas être là, à la place de l'animal.

FRANCIS BACON

G RANDE ROUSSE à la peau de pêche, Yolande Aster adorait les arts et se pâmait pour les Goya de ce monde. Une fois mariée à un haut fonctionnaire du ministère des Mines et Forêts, elle avait fait de son passe-temps un véritable métier : la bourgeoise bénévolait depuis quelques mois déjà à titre de guide au Musée des arts actuels, non loin d'une ligne de métro où, régulièrement, se déroulaient des performances colorées. Vilnius Gaboriau en était le conservateur en chef et c'est avec lui qu'elle prenait l'apéro dans un *lounge* fréquenté par le jet-set en goguette. Après de longues études en histoire de l'art à New York, Vilnius avait abouti à Montréal où il tâchait d'animer la scène muséale pour une population tout aussi variée que variable. Il s'amusait de ce peuple artiste dont la plus grande part, vaguement francophone, était pleine de bonne volonté à l'égard de ses propres artistes, des excentrés ponctuant leur carrière d'aller-retour en Europe, en Asie et aux États-Unis.

Un jour, il eut une révélation en découvrant le travail d'un peintre d'origine maghrébine qui proposait une œuvre d'un syncrétisme audacieux amalgamant les arabesques au fond africain auquel il avait ajouté des motifs carnassiers. Fasciné par la fureur noire qui s'en dégageait, Vilnius Gaboriau décida alors de monter une exposition pour faire connaître cette œuvre magistrale aux Montréalais. Il pensa vendre son projet aux musées de la Nouvelle-Angleterre dont les plus connus restaient ceux de New York et de Boston. Évidemment, il tapa dans le mille, ce qui permit à Mouawar Al-Khefir d'accéder à la célébrité du jour au lendemain. Mais voilà, si le personnage se montrait sympathique, sinon charismatique, son œuvre pouvait rester obscure pour le commun des mortels. Vilnius Gaboriau demanda donc à l'une des bénévoles de visiter l'exposition. Il choisit Yolande Aster, car il la trouvait plutôt amusante avec ses airs de comédienne jouant les séductrices. Oui, en dépit de ses parades, Yolande lui donnerait l'heure juste. Il la pria donc de venir voir la sélection des œuvres avant l'ouverture de l'exposition de son protégé afin d'avoir son avis – qui, sans être celui d'un critique patenté ou d'un parfait ignorant, pouvait lui donner un bon son de cloche. De fait, Vilnius ne croyait pas à ces *focus groups* qu'il jugeait grossiers, et il préférait l'avis d'un amateur averti à n'importe quel pseudo sondage effectué auprès du commun des mortels peuplant Montréal. Ils visitèrent donc ensemble les lieux. Yolande ne prononça pas un traître mot, ne prit aucune note, rien! Elle contempla longuement chaque toile, tourna autour de chacune des sculptures du maître et sortit des lieux en larmes, visiblement en état de choc. Le conservateur en chef, stupéfié par sa réaction, l'invita à prendre un verre.

Vilnius paya à Yolande tous les cocktails qu'elle voulut, c'était entendu. Il voulait l'entendre, c'était le but. Qui a bu boira. Mais qui a vu... Il voulait savoir, et la fit donc parler. Au premier verre, Yolande exprima le malaise profond qu'elle avait ressenti devant ces œuvres brutes empreintes d'une beauté féroce, une sauvagerie inédite. Au deuxième verre, elle parla davantage du viol des couleurs par de noires arabesques venant trancher l'élan lumineux par autant de traits acérés. Au troisième verre, la vérité éclata net : Yolande Aster dénonça la violence des toiles de l'artiste. Elle lâcha un mot énorme : laideur. Vilnius Gaboriau en fut profondément chagriné. Laideur? Que signifiait ce mot après tous les massacres, toutes les horreurs perpétrées durant les grandes guerres et les hécatombes commises au nom d'une race ou d'une religion? Il en resta coi. Au quatrième verre, Yolande, complètement saoule, se lança dans une tentative de réconciliation conceptuelle où laideur et beauté devaient trouver leur place dans l'économie générale de l'art baroque postmoderne.

— Au fond, Vilnius, fit Yolande en s'allumant une longue cigarette, le laid, qu'est-ce que c'est?

Là-dessus, elle souffla longuement la fumée aspirée, bien calée au fond de sa chaise.

— Vous n'avez pas le droit de fumer ici, Yolande, fit Vilnius en écrasant sa cigarette avec le talon de sa chaussure, sous l'œil désapprobateur du serveur et du patron outrés, car leur établissement était réputé pour son caractère distingué et sélectif. Ils avaient payé des milliers de dollars en publicité pour le faire savoir dans tout Montréal, en anglais et en français, dans tous les magazines de l'île...

Impassible, la rousse incendiaire poursuivit sa diatribe sur le ton de celle qui hésite en cherchant ses mots.

— La laideur... Vilnius... Vous m'écoutez, oui?

— Je vous écoute, Yolande; je ne fais que cela.

— La laideur, c'est la différence, non? La laideur diffère des modèles imposés; elle résiste à la violence médiatique qui statue et prescrit les canons de la beauté... La laideur... Vilnius? Vous m'écoutez, oui?

— Oui, chère Yolande, je vous suis tout ouïe...

— La laideur, Vilnius, par définition, c'est ce qui échappe à l'ordre institué, non?

— Mmm... Pensez-vous... fit-il, déçu de la tournure que prenait la conversation.

— Oui, oui, le laid, c'est la preuve par l'absurde que la liberté existe. *De facto*!

— Ah! Tiens!

— N'est-ce pas, Vilnius? Vous... m'écoutez, oui?

— Mais bien sûr, Yolande! Je comprends parfaitement que le laid constitue un rempart contre la bêtise collective.

— Mais... il faut aller plus loin... pensa Yolande, tout haut.

— Oui, il faut sortir des sentiers battus et viser à produire une pensée originale en soi.

— Ah oui! Vilnius, je sais! Vilnius, ne dites plus rien. Je l'ai : la laideur reste l'ultime catégorie impérative!

— Impératif catégorique, voulez-vous dire!

— Non, non, non. Je sais ce que je dis : une catégorie... impérative, triompha Yolande avec une effervescence théâtrale qui la fit s'éclater de rire.

— Tout est dit! fit un Vilnius Gaboriau visiblement gêné par l'éthylisme avancé de son interlocutrice qu'il regarda lentement s'affaler de tout son long sur le divan voisin. Alors, il fit signe au garçon d'apporter l'addition, passablement salée, alla reconduire la bourgeoise dans son Rosemont unifamilial et revint dans son loft de la Petite Italie en réfléchissant, dur et sec sous la douche froide.

Vilnius passa la nuit à broyer du noir, craignant l'opprobre public. C'est que, sans honnir le scandale, l'esthète patenté ne voulait pas déplaire. Il lui faudrait revoir tout ça rapidement sinon l'œuvre picturale de Mouawar Al-Khefir serait incomprise, voire rejetée; dès lors, son exposition ferait chou blanc. Or la déconfiture annoncée par cette folle l'avait convaincu. Il devait trouver un autre moyen pour faire connaître l'Art aux Québécois, les gens d'ici, et les convaincre de sa démarche, quitte à les soulever d'abord par l'indignation pour ensuite susciter leur enthousiasme. Alors Vilnius Gaboriau chercha comment amener du neuf tout en restant en continuité avec le passé dans l'art canadien. Soudain, il se souvint d'une robe de viande. Oui. L'exposition d'une artiste montréalaise qui s'intitulait *Corps à corps*.

Jana Sterbak. Son nom lui revint en mémoire dans un éclair. Elle avait présenté une robe faite de plusieurs kilos de viande se décomposant au fil des jours. Intitulée *Vanitas : Robe de chair pour albinos anorexique*. C'était en 1987. Il se souvenait très bien du scandale. Oui, il fallait rappeler l'affaire en renfonçant le clou. Les Montréalais aimeraient ce contrepoint savoureux. C'était un peuple artiste sans mémoire, mais plein de bonne volonté à l'égard de lui-même.

Le lendemain, il alla acheter des caisses de viandes séchées dans toutes les charcuteries du boulevard Saint-Laurent et, dans un hangar désaffecté, il se mit un masque à gaz et les pulvérisa d'une laque incolore pour vernir chacun des abats, saucissons et quartiers de viande. Après vingt-quatre heures de séchage, Vilnius Gaboriau entreprit de monter des échafaudages supplémentaires où il suspendit toute la viande momifiée, constituant ainsi un plafond de viandes, nouvel horizon pour élans carnassiers. Et, en guise d'apothéose, dans la dernière salle de l'exposition, il fit construire un gibet et suspendre un mannequin qu'il prit soin de désarticuler, de peindre de veinules et de vernir.

En proie à une effervescence inédite, Vilnius donna un coup de fil à Mouawar Al-Khefir pour avoir son avis ; le Maghrébin, végétarien convaincu, fut d'abord un peu gêné du montage. Par la suite, il fut transporté par l'ampleur et la portée symbolique des mises en scène orchestrées par Vilnius Gaboriau, conférant à chaque toile une profondeur saisissante. L'exposition eut bel et bien lieu. La cour des journalistes et *reporters* étrangers se présenta ;

ils furent nourris de canapés, petits fours et autres tralalas. Il y eut le discours de monsieur le maire, l'adresse de madame la ministre des Arts et de l'Industrie de la Culture, ainsi que la lecture d'un poème de l'artiste Al-Khefir lu par une chanteuse marocaine bien connue dans le monde de la musique raï. L'ensemble fit sensation dans l'assistance. Ce soir-là, sûr de son coup, Vilnius se frotta les mains : l'exposition *Viande à chien* allait faire un tabac.

Or, fait divers fort étrange, ce ne fut pas le cas. Les ténors du showbiz ameutés à force de froufrous firent beaucoup de chichis criant au mauvais goût à la une de leurs journaux respectifs. Comme s'ils s'étaient donné le mot, les uns parlèrent de pastiche, les autres, plus fins, d'emprunt, d'autres encore, plus universitaires, d'intertextualité. Pis encore : dans le seul journal du week-end publiant un cahier dédié aux arts, le critique particulièrement tors et retors dénonça le plagiat que constituait ce vol pur et simple d'une certaine robe de viande. Il ne fit pas directement allusion à celle confectionnée par Jana Sterbak ni à l'ouvrage de Madeleine Chapsal traitant de l'affaire ni à celle récemment portée par Lady Gaga lors des MTV Video Music Awards. Il parla d'une «architecture viandeuse» ravalant au rang de «chiens» le commun des mortels et terminait en disant que cette exposition était un scandale public monté à même les fonds publics. Chanson connue. Ce fut la goutte qui fit déborder le vase. Un drame ; la honte.

Vilnius Gaboriau avait joué quitte ou double, or il avait perdu, tout perdu : sa réputation, son nom, son expertise muséale. Les Montréalais l'avaient honni. Au musée, on s'effaçait sur son passage. Son principal amant le répudia en le traitant de vilain. Pour tout dire, Vilnius était mûr pour l'exil. Il partit donc en voyage après avoir donné sa lettre de démission au conseil d'administration du Musée, lettre qu'il prit soin d'envoyer aux médias et de mettre en ligne sur sa page Facebook. On avait beau dire, le conservateur aurait au moins le fin mot de cette histoire qui avait dérapé.

Voyant le désastre aboutir, Yolande Aster avait fait sa valise et profita des événements pour claquer la porte de son bungalow insipide, abandonnant sa vie pépère et son mari fonctionnaire. Elle partit dans une longue dérive dont elle n'est jamais revenue à ce jour. Sur son fil Twitter, elle indique de temps à autre la ville où elle crèche, telle une vagabonde emportée par les vents mauvais.

Le tout dernier jour de l'exposition, à la place du mannequin suspendu, un employé de soutien trouva un cadavre couvert de laque noire. On fit venir l'ambulance, la police, la morgue. Puis le médecin légiste identifia le corps. Il s'agissait de Mouawar Al-Khefir, l'artiste à jamais spolié par la mascarade médiatique ayant crié à l'imposture. Les policiers firent une enquête qui ne rima à rien. Ce n'était ni un meurtre résultant de quelque vendetta, ni une tuerie sacrificielle reliée à quelque rite religieux ; ce suicide était le triste constat d'un homme qui avait fait les frais de l'événement.

L'épuisement du masculin

*L'or, même à la laideur, donne un teint
de beauté : mais tout devient affreux
avec la pauvreté.*

NICOLAS BOILEAU

DEPUIS DEUX MOIS DÉJÀ, Jonathan Bernier se shampouinait régulièrement les cheveux avec une mousse capillaire au pH équilibré. Il se massait le cuir chevelu selon la fameuse technique des pincements. Il suivait aussi une diète à base d'acides aminés soufrés, de zinc et de vitamine B6. C'est que, en sus d'un problème de sudation, il avait le cheveu vraiment très gras.

Décidé à régler son problème, Jonathan Bernier était allé consulter le Dr Yi-King. Formé à l'Université du Mékong et immigrant reçu depuis plus de vingt ans, le Dr Yi-King comptait des années d'expérience en la matière. C'était lui qui l'avait d'abord examiné à l'urgence de la clinique, le premier à identifier les symptômes inhérents à l'hérédité, distincts de ceux reliés à ses habitudes de vie ; le premier à envisager une série de soins appropriés. Dans un opuscule offert à la réception, bien en évidence dans un présentoir, le Dr Yi-King avait mis en relief les dangers propres à la nourriture riche en viennoiseries faites de farines et de sucres industriels très mauvais pour la santé. Maintenant qu'il avait Jonathan Bernier devant lui, le spécialiste en avait profité pour prévenir son patient des effets néfastes de pareille alimentation.

Sur un ton sans réplique, il lui avait dit : «Monsieur Bernier : bière, ailes de poulet BBQ, tacos et cochonneries salées, crottes jaunes, bretzels, chips *jalapeño,* pas bon pour vous. Nourriture mauvaise déclenche ensuite déséquilibres hormonaux. Savez-vous? Êtes-vous courant?» Le petit médecin d'origine orientale était formel. Avec son stylo noir, il tapait sur son bloc de prescriptions en l'avertissant d'un ton sévère : «Si vous continuez manger cochonneries après jouer ho-hockey, vous risquez désagréments à cause de trop sécrétions sébacées dans cheveux. Je veux dire. Voyez-vous? Augmentation d'insuline, prise du poids, beaucoup sécrétions androgènes. Monsieur Bernier. Vous me comprendre?»

Ne sachant trop ce qu'étaient ces fameuses «sécrétions androgènes», Jonathan, navré de se faire gronder et cette fois par le dermatologue, reçut avec humilité ses admonestations saccadées en hochant de la tête. Il ne voulut point l'encombrer de questions qui, pourtant, méritaient d'être posées, et remercia le professionnel de la santé en lui disant «*Sayonara*». D^r Yi-King répliqua : «Moi, Viêt Nam! *Sayonara,* c'est Japon!» Et il redonna un rendez-vous au patient Bernier six mois plus tard, lui tendit une prescription pour une batterie de tests (prises de sang, urine, selles, etc.), puis commença à couvrir son dossier d'une série d'idéogrammes déconcertants devant un Jonathan qui bafouillait tout en s'excusant. Les yeux au sol, le jeune homme recula jusqu'à la porte qu'il prit illico.

Et c'est ainsi qu'un jeudi soir, au lieu d'aller rejoindre les copains au cinq à sept du coin, Jonathan Bernier, soumis aux prescriptions médicales, s'en fut à l'épicerie, la mort dans l'âme, acheter yaourt de chèvre, laitue bio, tomates écologiques, pois chiches équitables avec en sus une brique de tofu caoutchouteux.

Préposé aux comptes à payer dans une PME en pleine expansion, Jonathan jouait de temps en temps au hockey avec ses collègues de bureau, s'entraînant plus ou moins régulièrement. Ils disputaient des matchs amicaux avec d'autres groupes d'employés œuvrant dans diverses entreprises de la région. Les gars se donnaient bonne conscience en attribuant les profits de leurs ébats à des organismes de charité pour enfants malades, leucémiques, paraplégiques ou victimes d'abus. Pendant ce temps, leur blonde et leurs enfants attendaient la fin de la partie en avalant un sandwich tout en les regardant se plaquer, se contre et s'entre-plaquer sur la bande.

Nostalgiques d'une époque révolue, les mecs se noyautaient, reléguant aux estrades blondes, épouses, femmes, mères et maîtresses, ainsi que leur monde bassiné d'intelligence émotionnelle où elles amalgamaient la maternitude à une parfaite maîtrise de l'agenda. Costumés en hockeyeurs, redevenus de vrais gars, ils déclaraient en avoir par-dessus la tête des femmes pour qui *stimulus entraîne réponse*. Les plus machos parlaient de leurs conjointes comme autant de jolies machines à performer, arguant qu'elles les avaient séduits par leur façon sexy de se vêtir, se maquiller et... de les disqualifier en décrochant les meilleures notes au cégep ou à l'université. Mais voilà, chacun avait craqué pour l'un ou l'autre de ces prototypes féminins évoluant dans toutes les sphères de la société. Tels de nouveaux androïdes libérés de leur créateur, ces superfilles épataient les sous-gars occupés à jouer les *Blade Runner* à l'écran de leurs jeux vidéo.

Au fur et à mesure que le baccalauréat achevait, devenu grand, chacun avait rompu avec papa et maman pour se retrouver colocataire d'une piaule où la poussière moutonnait sur un mobilier poisseux. À l'entrée s'empilaient des caisses de bière de viscosités variables. Deux ou trois mois s'écoulaient; pas plus de six au terme desquels le passage dans le monde du travail avait lieu, à force d'entrevues. Tôt ou tard, le jeune professionnel ne voulait plus avoir l'air d'un navet crasseux au corps enserré dans une chemise bon marché. Le moment de devenir quelqu'un finissait invariablement par se produire et l'éclosion du mâle passait par l'achat d'un complet-veston et d'une cravate à l'image de ceux portés par les cadres les mieux payés de l'entreprise. Suivaient l'automobile, et, pour ce faire, l'obtention à la banque d'un crédit de quelques milliers de dollars. Dès lors, la fiancée se matérialisait enfin, tel un ultime trophée venant parader dans les cinq à sept qui suivaient les journées au bureau ou quelque festivité marquant les dates anniversaires de la boîte.

Jonathan Bernier avait passé toutes les étapes, sauf la dernière. Pas de femme dans sa vie. Zéro fille. Singleton au long cours. Au bureau, tout le monde se demandait pourquoi. On le voyait surtout avec d'autres hommes dans la brasserie du coin, au cinq à sept après le bureau ou à l'aréna où il s'entraînait avec ses coéquipiers. Depuis l'émancipation des gays en Amérique, les amitiés masculines étaient devenues plus suspectes. Cela dit, si les collègues n'avaient rien remarqué de spécial, les filles chuchotaient entre elles que Bernier puait. Aussi, elles laissaient entendre qu'il était poilu comme un ours. La délatrice de ce lourd secret se dénommait Jacinthe Cayouette, une brunette bien roulée responsable du service à la clientèle. Elle le savait pour l'avoir vu en maillot de bain voilà deux ans, dans un *beach party* sulfureux après la cérémonie de remise des diplômes aux *Hot* Études commerciales, sur la montagne. C'est aussi à la même époque qu'elle avait pensé sortir avec lui ; mais voilà, maintenant qu'elle savait pour la toison, le Garou de sa promotion ne l'attirait plus du tout. Jacinthe tint sa langue un certain temps, mais elle finit par révéler ce qui était tu.

Si la nature a horreur du vide, le hasard, lui, fait bien les choses. À quelques jours d'intervalle, Jacinthe et Jonathan furent tous deux engagés dans la même compagnie. C'est ainsi que nos deux universitaires eurent à travailler ensemble dans le même bureau ; ils durent joindre leurs efforts pour régler d'épineux dossiers. Jacinthe n'aurait rien dit, n'eût été la transpiration excessive que déclenchaient les mauvais payeurs chez Jonathan qui en gérait les comptes. Souvent, les deux gestionnaires avaient maille à partir en raison de la forte odeur de sudation de l'un incommodant l'autre dans l'ordinaire de ses fonctions. Après s'être plainte auprès de la direction, Jacinthe réussit à arracher la permission de s'installer dans le bureau voisin où travaillait une réviseuse de papiers qui s'entourait de dictionnaires et de plantes vertes.

Se retrouvant seul dans le bureau, libéré du parfum qu'empestait la chipie à Cayouette, Jonathan s'amusa à surfer sur le web, visionner quelques sites pornos et répondre à une petite annonce de racolage électronique, histoire de rire un bon coup. Il était enfin débarrassé de cette harpie qui n'arrêtait jamais de se plaindre qu'il dégageait, avec des yeux grands comme ça pour appuyer ses dires. Jonathan était enfin libéré de cette princesse jouant les mijaurées, toujours à retoucher son maquillage ; enfin délivré d'elle, point à la ligne. Puis il tomba sur une carte où trônait un mot écrit en fins caractères bleus et posé négligemment sur son bureau. Ce n'était pas la façon d'écrire de Jacinthe, probablement celle d'une autre, une autre qui savait quelque chose... Drôle de terme au demeurant : hyperhidrose. Jonathan tapa le mot dans un moteur de recherche de son cellulaire. Et lut.

L'hyperhidrose s'exprime à certains endroits du corps : visage, pieds, paume des mains et aisselles. La cause en est un dysfonctionnement du système nerveux sympathique, ce qui entraîne une hyperstimulation du nerf qui, à son tour, libère de l'acétylcholine entraînant une suractivité des glandes sudoripares. Ce sont ces dernières qui produisent une dose anormale de sueur, d'où la forte odeur qui en émane.

Mal à l'aise, embarrassé et désolé, notre Bernier venait de découvrir un site de prévention sur l'hypersudation. Puis il cliqua sur un onglet afin de chercher un médecin compatissant, trouva le D^r Yi-King, prit rendez-vous et, le soir même, dans son petit condo, traita ses chemises au bicarbonate de soude pour en enrayer l'odeur tenace.

Durant six mois (il le savait pour avoir biffé chaque jour de six grandes pages de son calendrier), il mangea végépâté, burger au tofu, tourte de légumineuses, goûta à tous les fruits et légumes inimaginables. Quand il revint consulter le D^r Yi-King, ce dernier le fit s'asseoir et, avec un air grave, sortit les résultats de ses examens. «Vous avez encore problèmes. Hormones pas stables. Vous être un peu différent. Vous savoir? Non?» Le D^r Yi-King brandissait les papiers en hochant de la tête. Ensuite, il lui expliqua qu'il devrait lui injecter de petites doses d'hormones féminines durant quelque temps afin d'enrayer le processus d'hypermasculinisation qui l'affligeait. «Vous avoir poils partout. Odeur forte! Dents longues... gencives changées. Rouges! Vous: malade. Moi, vous soigner.» Jonathan allait défaillir quand le docteur mit son stéthoscope à ses oreilles et prit son pouls qu'il avait très faible. «Vous respirer. Pas s'évanouir. Vous, fort. Vous, homme. Vous calmer. Moi guérir vous. Tout aller bien.» Puis, il sortit une seringue et lui injecta sa première dose d'œstrogènes. Cette nuit-là, Jonathan Bernier fit des rêves affreux où, dans une suite de cauchemars qui allaient dorénavant lui gâcher la vie, il se trémoussait comme une poupée hirsute juchée sur de hauts talons.

On était en droit de penser que le résultat de ses traitements hormonaux lui permettrait de recouvrer la santé : un système pileux moins abondant, des cheveux normaux et des aisselles relativement sèches. Mais, voilà, il fallut que les effets secondaires se manifestent dans la même mesure que le mal, tant et si bien que Jonathan commença à avoir des seins.

Dans la douche, après l'entraînement, certains se mirent à l'agacer. « Hey ! As-tu vu la belle fille ? — Où ça ? — Dans le miroir ! » Par la suite, la rumeur se propageant entre les mecs, au bureau, les uns et les autres sifflaient quand Jonathan venait chercher son lunch dans le frigo. Dans les couloirs, sans mot dire, ils le regardaient avec intensité. Mis à l'écart par ses anciens alliés, Jonathan cessa de s'entraîner et de jouer au hockey. Il passa ainsi quelques mois à ne rien faire. Sa musculature s'en ressentit. Jonathan se sentait seul, rejeté de tous, sans personne pour l'épauler ni les hommes qui s'en méfiaient ni les femmes qui s'en défiaient. Quand Jonathan fut invité par la directrice des ressources humaines à joindre le comité sur le harcèlement psychologique, il y vit un signe encourageant et s'effondra en sanglots.

Rechute

La beauté, c'est comme l'alcool ou le confort; on s'y habitue, on n'y fait plus attention.

LOUIS-FERDINAND CÉLINE

IL Y A DE CELA plusieurs années déjà, un collègue de mon mari m'avait révélé son secret : alcoolique depuis l'adolescence, il avait vaincu sa dépendance en adhérant à une société anonyme. Ce groupe le soutenait dans sa volonté de ne pas retomber dans ce qu'il appelait «la maudite boisson». Je l'en félicitai et l'encourageai à persévérer. Quand il m'invita à l'accompagner à la cérémonie célébrant ses trois années d'abstinence (il parlait de «jetons» marquant ces années de résistance à ce qui constituait du *poison liquide*), j'acceptai tout de suite et je partis à ses côtés en lui tenant le bras, décidée à l'encourager. Mon mari s'est servi de ce qu'il a appelé cette «incartade» de ma part pour me faire une scène. J'ai découvert ensuite qu'il me trompait avec la voisine. Finalement, après mon divorce, j'ai déménagé, changé de quartier, de travail; bref, j'ai refait ma vie et n'ai plus jamais revu ce type qui avait surmonté la dive bouteille.

*

Dernièrement, j'ai rencontré un homme intéressant. Il avait un je-ne-sais-quoi d'attirant qui m'a fait tourner la tête en sa direction. Nous fréquentions le même café. Un soir, il m'a abordée prétextant vouloir m'emprunter le journal qui dormait devant moi et dont je venais de remplir les mots croisés. De fil en aiguille, nous avons lié conversation et nous nous sommes plus l'un à l'autre. Henri était assez grand, avait les yeux bleus et portait un élégant complet. Il disait travailler dans les archives judiciaires. Nous avons commencé à développer ce que certains appellent une relation amoureuse.

*

Un soir, au cinéma, après avoir vu un documentaire sur les organismes génétiquement modifiés, nous étions revenus en marchant, navrés, les yeux rivés au sol, devisant sur l'appât du gain qui motivait les multinationales dans cette quête effrénée du contrôle des semences agricoles. L'air était encore frais et les lilas bourgeonnaient tout en embaumant l'atmosphère habituellement affadie par le monoxyde de la circulation automobile. Le monde actuel nous écœurait un peu, quand nous vîmes une église recyclée en centre social flamboyant de lumières, visiblement fort animé. Les portes étaient ouvertes ; quiconque s'en approchait pouvait entendre l'écho des paroles d'un orateur enflammé. Nous nous avançâmes près des lieux, par curiosité.

Devant une salle bondée, nous vîmes un homme sur la tribune, un micro à la main. Il portait un sac percé de trous sur la tête : deux trous pour les yeux, un pour le nez et un dernier, plus grand, ovale, découpé pour la bouche. Devant lui, l'assemblée se composait de pareilles têtes recouvertes de sacs bruns troués semblablement, c'est-à-dire aux mêmes endroits stratégiques. La soirée semblait commencer. D'un commun accord, Henri et moi nous sommes tapis dans l'encoignure de la porte pour voir la suite. Nous entendîmes alors l'orateur clamer d'une voix altérée par le papier :

— Mes bien chers amis, ce soir, nous recevons un conférencier très couru et, comme il est d'usage dans notre confrérie, nous allons taire son identité. Ce soir, il vient nous parler de la manière dont il a guéri du besoin d'être vu, véritable maladie de l'âme dont chacun de nous peut triompher.

Sur ces entrefaites, on vit entrer un grand type tiré à quatre épingles et coiffé d'un sac brun troué. À la main, il serrait un verre d'eau d'où émergeait une paille. Étonnés par l'ampleur de la mise en scène, Henri et moi nous pincions pour ne pas pouffer de rire et pour éviter de nous faire remarquer par ces drôles. L'homme à la tête ensachée commença à parler...

— Mesdames et Messieurs, je n'aime pas les gens connus. Je l'ai été longtemps, j'en ai souffert si longtemps, j'ai tout fait pour échapper à ce malaise, j'ai fait des thérapies, j'ai vu des psys, des prêtres et des guérisseurs, rien n'y faisait : il fallait toujours que je sois le pôle d'attraction des miens. Cette maladie m'a fait perdre tout ce qui était le plus important pour moi : ma famille, ma femme et mes enfants. Tout mon argent y passait. Mais aujourd'hui, je suis venu vous dire qu'on peut s'en sortir ! Oui, Mesdames et Messieurs, on peut dominer cette passion désolante, cette hantise assommante qui nous poussent toujours à nous montrer aux autres, à nous inscrire à toutes les agences de *casting,* à faire toutes les auditions ; oui, je suis venu vous dire qu'il est possible de s'en sortir et de renoncer à jamais aux médias et aux écrans de cinéma et de télévision.

Là-dessus, toute l'assemblée des têtes en sac se mit à applaudir. On voyait leurs épaules tressauter et les sacs sautiller sur leurs têtes.

Un vieux couple qui marchait dans la rue obliqua soudain vers nous. Rendus à notre hauteur, ils sortirent chacun leur sac de papier. Le vieil homme se le passa prestement sur la tête, trop vite pour que je le voie. Quant à la femme, je crus la reconnaître. Il semblait qu'il s'agissait là d'une chanteuse fort connue jadis et qui avait aussi été animatrice à la télévision avant de se lancer à la radio. J'ouvris grand les yeux et m'adressai à elle en lui demandant si elle n'était pas Mimi Destin... Elle me regarda faisant oui de la tête, ensuite elle fit non et enfila son sac de papier, elle aussi. J'en restai bouche bée.

— Bon sang ! murmura alors Henri, dépité. Voulez-vous bien me dire ce qui se passe ici ? demanda-t-il tout bas aux deux personnes masquées, excédé par cette étrange mascarade.

— C'est l'assemblée annuelle des VA, les Vedettes Anonymes, fit l'homme d'une voix enrouée et caverneuse.

— Les... quoi? fis-je, figée, regardant la femme avec insistance.

— Vedettes Anonymes, comme le dit mon mari. On a mené une carrière dans les médias et on est tous malades d'attention. C'est si fort, ce besoin d'être vu est si difficile à contrôler, qu'on a développé une thérapie similaire à celles qui traitent d'autres formes de dépendance, répondit Mimi Destin de sa voix mélodieuse, une voix au velouté si caractéristique que je l'aurais reconnue entre mille.

— Oui, reprit son mari. Le besoin d'attention est pour nous irrépressible, comme l'alcool pour un alcoolique, la cocaïne pour les cocaïnomanes...

— Aux États-Unis, on appelle les bourreaux de travail des *workaholics,* vous savez, ajouta Mimi Destin, avec compassion.

— La même chose avec la nourriture... pour les outre-mangeurs? compléta mon ami Henri, ahuri.

— Oui. C'est ça. répondit le mari de Mimi en nous dévisageant tour à tour. Mais... d'après ce que je vois, vous n'êtes pas des gens connus, non?

— Non. Henri est juriste; et moi, je...

— Alors vous ne pouvez pas entrer. Désolée, fit Mimi en me coupant la parole.

— Passez votre chemin! ajouta son mari, platement.

Henri et moi nous sommes alors écartés du mur, faisant mine d'obtempérer, et, après avoir jeté un dernier coup d'œil sur cette assemblée insolite, nous sommes partis prendre un verre.

— Non, mais tu aurais pu leur dire, Sandrine...

— Non, Henri. Pas question. Ce soir, je sors incognito.

— Ce qu'il y a d'énervant, chez les gens connus, c'est qu'ils n'aiment jamais être reconnus, commença Henri, en entrant dans le café de quartier où l'on s'était rencontrés. Il demanda un verre de vin rouge et moi, de blanc. Encore hier, dans un café du centre-ville, j'ai dû feindre de ne voir personne alors qu'il y avait un acteur célèbre devant moi, trônant dans la vitrine, devant le *cappucino* blasé de son existence télévisée.

— Qu'est-ce qu'il faisait là, au juste ?

— Il tournait. Autour de sa tête bourdonnaient deux caméras le découpant en plans américains. Je me suis alors amusé à regarder tous les badauds qui feignaient ne pas le voir tout en chipant du sucre pour le répandre dans une tasse qui sonnait creux. Soudain, le bellâtre s'est levé et m'a toisé d'un signe de tête, comme si je le reconnaissais ! Alors, je n'ai fait ni une, ni deux et lui ai lancé : «Je vous en prie, monsieur, ne me prenez pas pour ce type connu que l'on s'arrache dans les *castings*. Ce n'est pas moi !» Ah ! Qu'il était surpris, ce m'as-tu-vu ! Je l'ai bien eu. Évidemment, le type de la production est venu m'engueuler parce que j'avais nui à la concentration de l'acteur en l'apostrophant de la sorte. Pff. Concentration, mon œil !

— Voyons donc, Henri, tu n'as pas fait une chose pareille ? lui dis-je, avec un sourire tant la scène m'apparaissait être improbable.

— Enfin, quoi ? Il eut fallu que je le «non-voie» ? Alors qu'il était là à se faire voir ? Non, non, non ! Mais toi, Sandrine, comment réagis-tu face aux autres gens connus ?

— De façon générale, je fais toujours le maximum pour les ignorer bien qu'ils fassent ce qu'il faut pour ne pas passer inaperçus. Les gens connus aiment être vus, ils s'entraînent à cette fin et font le maximum pour se faire voir. C'est pourquoi, de peur de tomber sur l'un ou l'autre de ces gens-là, j'évite de sortir dans les endroits courus, les lancements, les cocktails, etc.

— Vraiment? fit Henri en sourcillant de surprise. Je ne pensais pas que...

— Dis-moi, Henri, es-tu déjà passé à la télévision? m'enquis-je, à tout hasard.

— Oui. C'était lors d'une manifestation étudiante. Dans le brouhaha de la foule bariolée, un journaliste s'était approché de moi pour me poser quelques questions et je lui avais répondu au meilleur de ma connaissance. Je n'ai jamais pensé faire la une des nouvelles, ce soir-là. Une fois rendu chez moi, toute ma famille m'attendait pour me montrer l'extrait qu'ils avaient enregistré. À partir de ce jour, j'avais changé : pour eux, j'étais devenu quelqu'un. La télé... un véritable miroir aux alouettes... Alors, je me suis vu.

— Et alors?

— Rien. C'était bien ma tête qui était dans le petit écran, ma tête dans toute la splendeur de sa banalité. Mais, pour ma famille, j'avais acquis un petit supplément d'identité, en somme !

Pendant que Henri savourait son Merlot et moi un Chardonnay fruité, je réfléchissais à la métamorphose télévisuelle faisant de personnes ordinaires des célébrités instantanées. Quelle engeance ! Je revoyais les animateurs de *quiz* présenter les joueurs à grand renfort de caméras avec ce sourire au menthol frigorifiant : «Voici Quelqu'un, chers téléspectateurs! Tenez-vous-le pour dit. Et voilà comment. Et pourquoi!» Quand j'étais jeune, cela me faisait rugir; mais, passé trente ans, j'avais appris à ne plus m'en occuper. Et cette obligation d'être jeune, d'avoir un visage toujours sans ride...

— Tu sais, Henri, rester indifférent au starsystème n'est pas donné à tout le monde. Il faut conquérir cette sérénité, sinon arriver à se l'imposer... Ce n'est pas un réflexe inné. Il faut apprendre à ne pas réagir. Oui. J'ai appris à mieux comprendre le mécanisme du nerf optique pour enfin neutraliser la dilatation de la pupille. C'est la seule manière de rendre invisible celui qui veut se faire voir.

— Et on y arrive comment? Il y a des cours qui se donnent? fit Henri, ironique.

— C'est une thérapie par correspondance. On travaille seul, devant son miroir. On prend des notes. Il faut viser le désintérêt envers les *starifiés* de l'heure.

— Jean-Paul Sartre aurait parlé d'abstraire ces gens-là de leur propre réalité, les annuler en somme.

— Exactement. Seul l'exercice régulier permet d'arriver au contrôle oculaire attendu. Mais la chose est encore plus exigeante pour quiconque relève du quelconque.

— Je ne vois pas ce que tu veux dire...

— Cher Henri, je serai claire : si je ne suis encore personne à ce jour, personne de connu, entendonsnous bien, c'est que je travaille dur pour y arriver.

Je parle de conserver l'anonymat au pays des Vanités.

— Et... la chose n'est pas aisée pour une belle fille comme toi? s'étonna Henri.

— Mon anonymat est le fruit de ma persévérance dans l'ombre. J'ai fui les feux de la rampe, résisté aux appels des sirènes médiatiques et me suis attachée à cultiver l'intimité loin de la mise en scène de la vie quotidienne.

— Tu parles d'une drôle de façon... As-tu déjà fait du théâtre?

— Évidemment. Cela se voit tout de suite. D'ailleurs, je me demande comme il se fait que tu ne m'aies pas encore reconnue!

Sur ce, je me suis levée, j'ai mis mon manteau et l'ai plaqué aussi sec. Il y a des limites à la goujaterie. Je tourne un message publicitaire aux six mois, toutes les agences me réclament parce que j'ai un visage extraordinaire, des dents parfaites, des yeux uniques! Moi, pas connue? Je suis constamment à l'écran et ce con ne me reconnaissait même pas! Et j'ai sorti mon petit sac de papier plié de la poche de mon manteau. Et j'ai couru assister à l'assemblée des VA. Zut!

La langue verte

ÉTUDIANTE EN LITTÉRATURE, Aline Robert
s'était fait remarquer plus d'une fois par ses
professeurs. Ces derniers finirent par s'entendre
pour lui attribuer une bourse. Aline pourrait ainsi
terminer ses études sans être obligée de travailler
dans un dépanneur déliquescent, un café crasseux ou
quelque librairie poussiéreuse vendant des romans
usagés. Aline provenait d'un de ces quartiers chauds
de Montréal dont elle avait fui les désordres en amé-
nageant dans un Villeray plus douillet. Sa peau de
porcelaine, presque blanche, tranchait sur la blon-
deur de sa chevelure et le mauve de ses yeux. Ses
lèvres roses ajoutaient une touche de couleur à
son visage blême aux traits anguleux. Hyperactive
et filiforme, Aline était aussi dotée d'une intelligence et d'une persévérance exceptionnelles. Si on
la disait anorexique, elle le démentait avec la dernière énergie, arguant être mince, non pas maigre.
Et si on insistait, elle montrait les dents, tel un chien

prêt à mordre. Or personne n'insistait. Chacun fait
sa vie après tout.

*

En classe, dans les premières rangées, sur des chaises
bancales, s'assoyaient les envieux, les jaloux, les
téteux. Depuis les gradins où il était juché, un drôle
de zig siégeait. Il s'agissait d'un blanc-bec de Char-
levoix à la fois ossu et agité, bref d'un de ces jeunes
gens en réaction à l'autorité, à l'instar de ceux qui
provoquent, cherchant tantôt le cadre, tantôt la
marge. Inspiré par l'ancienne mode punk des néo-
tondus, toujours vêtu de noir, Pierrot s'exprimait en
réparties vives, souvent colorées. Il cherchait à se
distinguer en poussant son pic dans la mièvrerie du
ronron habituel. Tous les professeurs qui l'avaient
eu le trouvaient sympathique, amusant, sinon dis-
trayant. Pierrot avait le verbe facile et la plume alerte.
Il ne donnait pas sa place dans les tables rondes ou
les discussions. Cependant, le jeune homme se rui-
nait la santé à suivre ses cours de jour tout en travaillant de nuit dans un club vidéo. Il produisait de
brillants essais dans une écriture vive et contrastée
qu'il qualifiait d'«organique». Et, s'il arrivait invariablement en retard en classe, il remettait toujours
ses travaux à temps.

*

Ce jour-là, Pierrot partit en classe suivre son
cours de linguistique. Alors qu'il était en route, le
journal du département publia sur le web le nom du

récipiendaire de la bourse des professeurs. Quand il lut la version électronique du feuillet sur son iPhone, Pierrot vit que le pactole lui échappait encore une fois. Il ne put réprimer une enfilade de jurons et s'arrêta pour bien relire le nom de l'heureuse éluc : Aline Robert. Cette petite prétentieuse blondasse, pâlotte et maigre comme un chicot ? Elle ! Tout au long du trajet, Pierrot rabâcha contre Aline Robert le chouchou, choqué et franchement déçu d'avoir été mis au rancart. Il eut l'idée folle d'aller rencontrer Aline pour lui réclamer une part de cette bourse. Éternellement au bout du rouleau, Pierrot n'avait pas grand-chose pour subsister... mais ne voulait pas faire la demande de prêt pour finir ses études, car il ne souffrait plus de s'endetter encore. Pourquoi elle ? maugréa-t-il encore une fois. Oui, bien sûr, elle avait du talent, mais enfin... lui aussi en avait, non ?

*

Il rencontra son copain Carl et, ensemble, ils échangèrent les nouvelles, dont la dernière. C'était bien la troisième fois que la bourse lui échappait, lui qui avait pourtant de très bonnes notes. Indigné, Pierrot dit à Carl qu'il faudrait bien qu'elle lui en donne un peu, de ce pognon gracieux, et que sa petite tête, il allait la lui débloquer d'un coup de botte. Carl en rajouta et ils continuèrent à imaginer la dissection de la récipiendaire en riant comme s'il s'agissait d'un film gothique, avec sang, cris et scènes d'horreur où ils jouaient les vampires d'occasion. Puis, une fois leur fiel libéré, ils se serrèrent la main et partirent à leur cours, chacun de leur côté. Pierrot entra en classe, la tête en feu, bouillonnant jusqu'à la pause. Il n'accorda aucune attention au maître qui s'évertuait, en avant, à rendre son propos sinon intéressant, du moins digne d'intérêt.

*

L'attribution de la bourse des professeurs avait créé une aura autour de la personne d'Aline Robert qui, peu populaire auprès de ses camarades, jouait les réservées en dissimulant une socialisation inachevée. En effet, qu'importe la famille et les amis quand on est aussi brillante? Aline Robert voulait devenir professeure. Elle s'était renseignée auprès d'un conseiller qui lui avait expliqué par le menu les conditions de travail au niveau collégial, qu'il jugeait excellentes; une fois la permanence acquise, on avait droit à toutes sortes d'avantages dont celui de se prévaloir de congés sabbatiques. À l'époque où elle frayait encore avec les autres, Aline en avait discuté avec des étudiants à la cafétéria. Tous s'accordaient pour dire qu'enseigner dans un cégep, c'était génial; sans parler du fait que la sécurité de l'emploi des professeurs était bardée d'une convention collective béton. Et puis... la clientèle était plus aimable que celle du secondaire, nettement plus rébarbative. Il ne restait donc à Aline qu'à décrocher son diplôme de premier cycle, s'inscrire à la maîtrise et obtenir une entrevue dans un de ces sacro-saints cégeps.

*

Dans l'amphithéâtre, sur le podium, l'éminent professeur lisait à cette pénultième cohorte de bacheliers les notes de son cours tirées d'une publication épuisée depuis lors. Bel esthète à la chevelure argentée, le professeur Clément Chabot avait jadis publié un lénifiant «Que sus-je?» traitant du phénomène du joual lors de la Révolution tranquille. Or, on ne s'improvise pas spécialiste dudit phénomène; il faut y macérer de longues années pour en dégager la quintessence. Ce que fit le professeur Chabot avec intelligence et passion, puisant dans les œuvres de Michel Tremblay, Jean-Claude Germain, Jacques Renaud, Victor Lévy Beaulieu et Michèle Lalonde tout ce qu'il fallait pour le sustenter. Ses collègues louèrent ses lumineuses théories venant éclairer ce qu'on appela la «bataille du joual» qui eut moult impacts sur le plan linguistique et la création littéraire de l'époque. À force de lire les transcriptions, d'étudier les diphtongues des uns, les volutes sonores des autres, les voyelles tantôt ouvertes («ouvârtes»), tantôt fermées (le «frette») de tout un chacun, le professeur Chabot avait fait son chemin pour finalement publier quelques articles savants qu'il colligea en une brique devenue incontournable. Après avoir reçu la bourse du Gouverneur général du Canada pour un essai intitulé *La technomisère de la culture postmédiatique,* le professeur était au faîte de la gloire. Ne lui restait encore qu'une ou deux sessions à dispenser son savantissime cours avant de prendre une retraite bien méritée. Cela fait, il planifiait d'aller reposer son cerveau las en jardinant, histoire de soigner quelques fleurs de rhétorique dans le terreau attenant à sa maison de campagne de Chantilly-sur-Fleuve.

*

Ce jour-là, dans l'amphi C-2378 du pavillon des *French Studies,* alors qu'il présentait pour la ixième fois son chapitre sur *La ponctuation des sacres dans l'économie générale du discours contestataire des années soixante-dix,* un événement inhabituel eut lieu.

— Voyez-vous, il y a toujours présence de sono-rités dans la transcription de blasphèmes en jurons : le «Christ» devient un «p'tit criss» qui «se crisse de toute», puis qui «va finir par t'en crisser toute une», expliqua doctement le maître, identifiant du bout de la craie le substantif distinguant les deux formes du verbe employé qui généraient autant de significations. Admirez le point d'appui vocalique du «i» venant contaminer l'allitération du «s» faisant osciller le mot associé au «messie» pour en faire un vaurien, un petit garnement à qui donner une gifle, une baffe, et cætera. On voit émerger une violence primaire au cœur même de ce qui représentait le salut chez les croyants d'une chrétienté aujourd'hui révolue. Maintenant, il faudrait se demander si le joual a bel et bien instrumentalisé la profanation du sacré pour autant...

— Criss, non! tonna Pierrot du fin fond de l'am-phithéâtre.

Là-dessus, toute la classe éclata de rire. Il y avait un tel clivage entre la langue châtiée du linguiste et le registre de langue de l'étudiant qu'on ne pouvait qu'être stupéfié de la capacité de l'érudit à manier le joual avec autant d'à-propos. Cela dit, il était impossible de réprimer un irrésistible fou rire à la suite de la répartie de l'étudiant récalcitrant. Le cours continua néanmoins.

*

Le professeur Chabot avait une manière exceptionnelle d'analyser les mots les plus grossiers de la langue jouale, ce qui l'avait rendu populaire auprès des jeunes qui n'y voyaient que du feu, ce feu jargonnant de mots qui percutent, giclent et éclaboussent. Le professeur Chabot passa vite sur la coupe sacrée destinée au vin liturgique et la locution adverbiale «en câlisse», plus souvent utilisée que le nom ou le verbe «câlisser», octave supérieure du «crisser» précédent. Et le savantissime linguiste de conclure que les sacres constituaient des *vecteurs d'intensité* dont l'usage suggérait la profanation de la religion chrétienne, jointe à l'émergence d'un certain retour du refoulé. Aline Robert nota tous les exemples avec application, et ajouta un commentaire selon lequel l'explication savante ne justifiait pas pour autant les blasphèmes proférés par les universitaires bien en chaire.

Pendant ce temps, Pierrot, en proie à l'ennui, sifflotait tout bas en brouillonnant quelques pâtés dans son cahier maculé de notes informes; il connaissait par cœur la partition surgissant des ruelles et pensa que la racaille des fonds de cours valait bien celles d'un chanteur pseudosymboliste dont une œuvre célébrait «cette cave des niveaux las/au bas des blocs qui se subsument»...

Le cours prit fin inopinément quand l'alarme d'incendie émit une stridente sonnerie et vint clore le discours du docte. Dès les premières notes du signal marquant l'urgence de l'évacuation, le professeur Chabot ramassa ses feuilles, sa mallette et sa veste et s'enfuit devant tous ses étudiants ahuris. Aline prit ses affaires et courut vers la sortie de secours déjà engorgée par le trop-plein d'étudiants mêlés aux professeurs accompagnés de bureaucrates aux yeux hagards qui, le veston sous le bras, cherchaient à se frayer un passage dans la foule.

Rejointe dans la cage d'escalier par la foule des autres qui s'empressaient de l'oppresser, la petite Aline réussit à se faufiler. Pierrot, plus costaud, dut jouer des coudes pour arriver à faire son chemin. Dehors, au frais, le professeur Chabot reprenait son souffle, s'épongeant le front d'un mouchoir de soie tout en devisant agréablement avec un latiniste distingué.

Pierrot se tourna alors pour voir si Aline, si fine, était arrivée à émerger du troupeau affolé. Il voulait régler l'affaire avec elle, mais, énervé par la bousculade, il imagina le frêle roseau se faire piétiner dans la cohue. Soudain, on entendit une clameur, le vacarme d'enragés gueulant avec énergie un chapelet de jurons. Un groupe d'étudiants riant aux éclats tenaient au bout de leurs bras leur reine de sabbat : Aline Robert, portée aux nues, triomphait en récitant des blasphèmes que le chœur de ses partisans reprenait en scandant : «Criss d'os-tie d'cal-vaire! J'va-t'en-câ-lis-ser-une! Tu vas woir c'qu'on va woir! Cé pé-té en ciboére!»

Pour la première fois de sa vie, Pierrot eut peur. Il ne comprenait rien; il ne comprenait pas. Cette élite de fayots toujours partants pour parler à la française articulait maintenant le langage de la rue. Il comprit que la langue verte, celle des jurons, exerçait un pouvoir et que les jurons profanaient plus encore que la seule religion catholique. Chaque blasphème constituait un adverbe d'intensité portant à son paroxysme la dislocation du sacré. Le groupe qui portait Aline à bout de bras scandait sans fin des chapelets de jurons, ce qui eut pour effet de faire reculer quiconque osait se placer sur leur chemin. Les émules du professeur Chabot accaparèrent ensuite les mégaphones des gardiens de sécurité et reprirent leurs cris à qui mieux mieux. La langue jouale résonnait, surplombant la stridence des sirènes qui se turent enfin. Décontenancé, Pierrot ne savait plus quoi faire; il était intimidé par les sacres lancés ainsi à toute volée. Il resta sans voix, figé par la scène qui se prolongeait.

*

Dès que l'assemblée universitaire se fut dissipée dans les rues et que le vacarme se fut tu, il sortit les clés de sa moto, tourna le dos à ce qui restait de la meute et se rendit lentement au parking où sa rutilante monture reposait. Quand il arriva à sa moto, une personne l'y attendait : Aline Robert.

— Y paraît que tu veux m'voir? lui demanda-t-elle avec un aplomb qu'il ne lui connaissait pas.

— Moi, non. Et puis, ben... félicitations pour ta bourse, en passant.

— Maudit menteur. T'avais espéré l'avoir, han? Réponds!

— Oui, c'est vrai, fit-il les yeux au sol. Mais je l'ai pas eue. Faque, tsé.

— Tu vou-lais m'ar-ra-cher la tê-te, m'en vo-ler u-ne part-ie, han? Dis-le! Aline Robert, blanche de rage, lui criait maintenant chaque mot en hachant les syllabes, les yeux injectés de sang.

— Oui, mais on s'en fout. Calme-toi. C'est toi qui l'as; c'est fini, n'en parlons plus.

— Tu penses régler ça comme ça! Espèce de maudit hypocrite!

— Bon. Tasse-toi, je m'en vais d'ici. Ça pue dans le parking.

— T'as dit à Carl que t'allais me battre, me démembrer, c'est ça? Dis-le!

— As-tu fini, là? Va déposer ton chèque et pi fous-moi la paix, stie!

— Mais tu me prends pour une épaisse ou quoi?

Là-dessus, Aline Robert se rua sur Pierrot et planta ses dents dans son biceps, le mordit au sang et lui arracha une partie de la chair pour laisser, à découvert, bien en évidence, le muscle strié. Livide, Pierrot, à moitié vampirisé par la démone, eut le réflexe de lui prendre les cheveux et de tirer au maximum. Elle cria, lâchant sa proie, le morceau de chair encore entre les dents, et alla s'affaler le long d'une autre moto qui, sous l'impact, tomba sur elle et l'assomma. Après avoir poussé un long cri, Pierrot finit par s'évanouir sur le bitume. Un agent de sécurité arriva en courant, appela les secours et, d'un lacet de chaussure, fit un garrot à Pierrot afin de limiter la perte de sang. Deux ambulances arrivèrent et les officiers de la santé sortirent les civières à toute vitesse pour plancher illico nos protagonistes et les mener à l'urgence où on les transféra dans des blocs opératoires distincts.

*

Pendant que les infirmières procédaient au nettoyage des plaies et à l'asepsie des patients, deux urgentistes et autant de chirurgiens appelés à la rescousse finissaient de se préparer ; l'un, à réduire la fracture de la jambe d'une frêle et délicate jeune femme et, l'autre, à tâcher de réimplanter un morceau de chair arrachée au bras d'un colosse costumé en punk. Pendant ce temps, un médecin spécialiste en matières biomédicales examinait la portion extraite et, après l'avoir désinfectée, se mit en frais de faire pousser les tissus à l'aide de procédés particuliers. Dès que les anesthésistes se présentèrent, ils firent en sorte d'endormir nos deux étudiants et les deux équipes médicales passèrent à l'attaque.

*

Pendant qu'en salle d'op, on s'esquintait à limiter les dégâts, l'infirmière en chef, préposée au triage, lança le code violet signifiant au psychiatre de garde l'arrivée de cas graves. Le Dr Marcellus se présenta ipso facto et on lui présenta le cas d'une jeune femme dont l'agressivité inquiétait. Pour parer au plus pressé, il suggéra de pratiquer l'isolement, les deux jeunes étant encore en léthargie post-opératoire. On les sépara dans la salle de réveil. Quand l'une et l'autre revinrent à la conscience, aucun ne vit son ennemi dans les draps blancs. On prit soin de les placer chacun derrière un paravent à chaque extrémité de la pièce. De fait, on ne savait trop comment ils réagiraient, l'une gênée par sa jambe plâtrée, et l'autre par son bras tuméfié sur lequel on avait dû procéder à une greffe de muscle, de chair et de peau. On demanda à deux préposées de veiller sur chacun des malades dans la salle de réveil. Le psy se chargea d'appeler les familles.

Aline Robert s'éveilla tranquillement, fit sagement tout ce qu'on lui dit et, quand elle put s'asseoir dans un fauteuil roulant pour aller s'installer dans une chambre qui venait de se libérer, elle le fit le plus aimablement du monde. Pour Pierrot, ce fut une autre paire de manches. Dans son sommeil artificiel, il avait beaucoup parlé et, quand il s'éveilla complètement, il se mit à crier : «Au secours! Une vampire veut me manger! Au secours!» Le psy lui prescrivit un puissant sédatif qui le renvoya dans les bras de Morphée. Les deux équipes de soignants se demandaient, embarrassées, ce qui avait bien pu se passer entre ces deux-là. Le psy n'arrivait pas à se faire un portrait précis de la situation. Il s'agissait de deux étudiants en lettres. Il ne voyait pas comment l'étude de la poésie et des grandes œuvres littéraires pouvait mener à de pareilles extrémités...

*

Deux jours passèrent. Pierrot retrouva peu à peu son équilibre. Il demanda à son ami Carl de venir le visiter à l'hôpital. Carl vint le voir avec empressement et quand il apprit toute l'affaire, il en fut fort embarrassé.

*

Par la suite, Pierrot fit une déposition auprès des policiers et du psy mandaté d'office. Il poursuivit son assaillante pour voies de fait et agression dans le but de mutiler. Devant l'acte d'accusation, Aline perdit de sa superbe, demanda conseil à ses parents qui, outragés par l'attitude de leur fille, lui dirent de répondre de ses actes et d'engager à ses propres frais un avocat. Sa mère éclata en sanglots et son père de colère. Abandonnée par les siens, Aline vibrait de rage et cessa net de se nourrir. Le médecin traitant lui accorda son congé de l'hôpital, débordé qu'il était comme toujours. Elle retourna dans son petit appartement de Villeray en sautillant dans les escaliers du métro, sur les trottoirs bondés d'écoliers et bouda une semaine avant de se décider à louer des béquilles à la pharmacie du coin pour terminer sa session. En beau joual vert.

*

Aline fut accusée d'agression à la Cour criminelle du Québec. Les preuves accumulées par le procureur étaient accablantes. Les deux équipes médicales défilèrent à la barre, suivies des ambulanciers et du garde de sécurité qui avait retrouvé les corps inertes des jeunes. Le procès déchaîna des passions dans les médias. Des groupes de féministes et des factions masculinistes eurent maille à partir dans une manifestation se portant à la défense d'Aline Robert, une étudiante modèle. Aline fut absoute en Cour criminelle, compte tenu de l'absence d'antécédents et des circonstances troubles entourant les faits qui lui étaient reprochés. Alors, Pierrot, sur les conseils de l'avocat de la famille, poursuivit derechef son assaillante en Cour civile pour dommages corporels. Il avait bon espoir d'avoir gain de cause. L'avocate d'Aline la poussa à signer une entente à l'amiable pour clore l'affaire.

*

Certains disent que Pierrot a reçu le montant de la bourse de l'autre en guise de compensation et que, grâce à cet argent, il a pu terminer sa dernière année d'université.

D'autres disent que sa hantise des dents d'Aline est si forte qu'il doit consommer de puissants psychotropes pour engourdir l'anxiété qui le surprend à toute heure du jour et de la nuit.

D'autres, encore, disent qu'Aline Robert a fait une autre crise tant et si bien qu'on a dû l'interner pour un long séjour, car elle ne contrôle plus ses pulsions. Et que, depuis, on la traite pour cannibalisme.

Blablabla et bla et bluff

La laideur se vend mal.

RAYMOND LOEWY

ELLE AVAIT REÇU un coup de fil d'une amie de son frère pour participer à un *focus group* sur le jeune cinéma d'auteur. Marie-Soleil était relationniste et un peu en panne d'emploi. Sur le coup elle avait accepté, mais voilà que sa vie s'animait à nouveau et qu'une alléchante proposition lui était faite. Maintenant qu'elle allait signer un contrat digne de ce nom, Marie-Soleil n'avait plus de temps pour les jeunes créateurs. Comme la première rencontre avait lieu en soirée, Marie-Soleil se dit qu'elle pouvait faire acte de présence et, par la suite, décliner les autres rendez-vous pour des raisons de santé... Habile, Marie-Soleil savait circuler entre les réseaux des uns et les coteries des autres tout en tirant son épingle du jeu. Grande blonde aux yeux clairs, Marie-Soleil Lavallée appartenait au monde des communications depuis déjà dix ans ; à titre d'agente de presse, elle y évoluait avec brio.

Un auteur français peu connu au Québec venait lancer son dernier roman ; la maison d'édition parisienne avait ses antennes à Montréal. On avait pensé à Mme Lavallée pour introduire le célébrissime auteur dans les circuits médiatiques de la colonie outre-mer. Marie-Soleil lut le contrat et, au moment de la signature, reçut une avance dans les quatre chiffres. Avant de signer pour le compte d'une grande maison d'édition, on ajoutait toujours une clause assurant la confidentialité de toute l'affaire.

*

Marie-Soleil était aux anges et se mit au travail avec ardeur. On lui remit un exemplaire du roman à peine sorti des presses de Saint-Germain-en-Laye. C'était un gros pavé traitant d'une histoire obscure qui s'était déroulée pendant l'occupation allemande à Paris, lors de la Deuxième Guerre mondiale. L'histoire mettait en scène une Française qui avait joint la Résistance. Elle avait rencontré le grand Albert Camus alors inconnu et elle avait eu une aventure avec lui ; puis elle était passée à l'ennemi pour devenir agent double. Une fois la guerre terminée, cherchant à échapper au supplice des tondues, elle s'était enfuie au Canada, pays de grands espaces où nichaient des cabanes en bois rond lui assurant une vie saine dans la nature.

Dans ce roman à clés, certains critiques avaient reconnu la plume de la défunte Marguerite Duras ; d'autres, un inédit posthume de Françoise Giroux et d'autres encore, un roman écrit en français par

Antonine Maillet, seule écrivaine non européenne ayant reçu le Goncourt. Le débat roulait sans fin sur l'œuvre apocryphe dans toutes les tribunes parisiennes. Un critique particulièrement salace accusa même l'auteur d'instrumentaliser la Résistance, ce qui finit par excéder l'éditeur. L'auteur prétendu eut beau contre-attaquer en jurant qu'il s'agissait là d'une création authentique et que son personnage, s'il était inspiré de quelque égérie, n'en était pas moins fictif, personne ne le crut. Bref, alors qu'il aurait dû fuir la controverse, Alain de la Toge de Vair la nourrissait en jetant de l'huile sur le feu. Son éditeur voulut l'envoyer hors de Paris devenu une intolérable fournaise. Quelqu'un parla de Montréal. Les Canadiens, là-bas, étaient de sympathiques cousins au débit un peu lent, avec cette manière de dire qui rappelait les péquenots de province désarticulant un drôle de français. Ils se pâmaient encore pour la France, sa pompe, son lustre et sa grande culture. On disait qu'à Montréal, les Québécois venaient par centaines assister aux lectures des comédiens français venus parcourir de leur belle voix quelques pages des grands classiques. Alain de la Toge de Vair répondit qu'il allait y penser et, en catimini, rentra se calfeutrer chez lui.

À l'instar de Carole Bouquet, Fabrice Lucchini, Jean-Louis Trintignant et feu Philippe Noiret, le grand auteur français voulut, lui aussi, faire une lecture publique à cent dollars le ticket. N'avait-il pas jadis suivi quelques cours de diction auprès d'un répétiteur de la Comédie-Française ? On lui promit tout ce qu'il voulait et on trouva le moyen de louer l'immense salle du Monument-National, boulevard

Saint-Laurent à Montréal. On réussit à éviter les
obligations et redevances associées aux ouvriers syn-
diqués en glissant une petite enveloppe au gérant.
Bref, les préparatifs allaient bon train pour le grand
écrivain parisien.

Pendant ce temps, Marie-Soleil lisait avec avi-
dité le bouquin de l'auteur, véritable *best-seller* avec
ses chapitres courts, ses phrases simples et ses personnages toujours en train de se donner la réplique.
Notant au passage les citations nécessaires à la rédaction du communiqué, elle se mit en frais de composer un *pitch* du tonnerre pour le lancement de la
campagne médiatique. On avait trouvé un infographiste prêt à bosser deux ou trois nuits pour créer
l'affiche du spectacle à diffuser dans les médias.
Cependant, on ne sait trop pourquoi, Alain de la
Toge de Vair ne prit jamais l'avion pour Montréal ; il
envoya plutôt son secrétaire, Didier Dutronc, venu
expressément annuler toutes les dispositions prises
par monsieur, affligé par la mort subite de quelque
lointaine parente.

Sans bottes ni manteau ni chapeau ni cache-col,
le jeune Dutronc arriva au Québec en pleine tempête de neige. Marie-Soleil Lavallée l'attendait
depuis des heures à l'aéroport, voyant l'atterrissage
toujours reporté en raison des conditions climati-
ques. Complètement décalé et fourbu par ce voyage
qui n'en finissait pas, le secrétaire du grand auteur
débarqua, chaussé d'espadrilles et d'une simple veste
passée à la hâte sur une fine chemise et un pantalon.
Une fois dédouané, Didier Dutronc identifia rapidement l'attachée de presse qu'il trouva très jolie
au demeurant ; elle tenait une affichette au nom

d'Alain de la Toge de Vair. Marie-Soleil lui serra chaleureusement la main et offrit à M. Dutronc un anorak immense au capuchon ourlé de renard des neiges qu'il enfila avec plaisir. « Voilà pour vous couvrir, monsieur de la Loge ! » Une fois en colonie, le sous-fifre prit du galon et rectifia aussitôt : « Il faut dire monsieur de la Toge de Vair, mon petit ! », en appuyant sur « de la Toge ». Marie-Soleil éclata de rire, rougit de sa méprise, s'excusa et l'invita à le suivre jusqu'à la voiture.

Marie-Soleil Lavallée reçut un message texte qui lui intimait l'ordre de photographier le prétendu « de la Toge »; ce qu'elle fit pendant que Dutronc était devant un changeur qui troquait ses euros pour des dollars. Quand on vit le profil du bonhomme, on constata l'imposture et on fut fort choqué par la dérobade du grand auteur français. On avait tout prévu, sauf cette fuite. On s'empara de cette image pour refaire d'urgence l'affiche. L'infographiste travaillait vite et bien ; on lui expliqua avoir confondu les photos et que ces choses-là arrivaient parfois. On le paya plein prix, rubis sur l'ongle, puis on le renvoya à ses pénates. On avait un PLAN B en haut lieu à Paris.

*

Pendant ce temps, Marie-Soleil sortait du parking de l'aéroport avec son grand écrivain, tâchant de le rassurer quant à ce qu'il appelait la « tourmente ». Elle lui dit que ce vent soulevant la neige folle s'appelait au Québec de la « poudrerie » et que, chaussés de bons pneus d'hiver, il n'y avait aucun danger. Ils arrivèrent à l'hôtel rapidement. Une heure plus tard, le grand auteur ronflait dans ses draps blancs dans sa chambre du chic Reine-Victoria au centre-ville. Quant à Marie-Soleil, elle put rejoindre son *focus group* et elle visionna avec sept autres personnes un film traitant de l'imposture artistique postmoderne. Elle s'y ennuya, discuta peu et sortit rapidement en s'excusant de ne pouvoir participer aux rencontres ultérieures tant le film lui avait déplu et parce que le cinéma d'auteur ne correspondait en rien à l'univers culturel qu'elle fréquentait ; d'ailleurs le réalisateur avait erré avec un sujet qui n'en était pas vraiment un. Là-dessus, elle laissa les autres en plan... et dans l'incompréhension.

*

Le lendemain, Marie-Soleil reçut un courriel fâcheux. On lui expliqua que M. de la Toge de Vair avait décidé de résilier ses engagements et qu'il ne ferait ni émission de radio ni émission de télévision. M. de la Toge de Vair repartirait à Paris en soirée par le premier avion. On la remercia de son dévouement, on l'avertit que son contrat était annulé et on lui promit de la dédommager. Bref, elle pouvait disposer.

*

Entre-temps, une armée de petites mains avait placardé la ville d'affichettes annonçant un spectacle dont tous les billets avaient été vendus. Le jour venu, Didier Dutronc monta sur la scène afin de lire en bredouillant une bonne douzaine de pages d'un roman que l'on s'arrachait dans les librairies Badaud-Ray. Ce fut un franc succès. Tous les journalistes, tous, sans exception, vantèrent la finesse, la justesse et le brio de la performance du grand auteur français.

*

Complètement médusée, Marie-Soleil en prit pour son rhume ; du coup, elle abandonna le métier pour faire autre chose de moins aléatoire. Elle devint rédactrice pour une revue pédagogique relevant du ministère de l'Éducation, des Loisirs et du Sport.

*

Dans l'Hexagone, à Paris, le grand écrivain français sirotait un ballon de rouge dans un élégant café au zinc éblouissant. Il venait de recevoir un chèque de son éditeur qui avait écoulé à Montréal des caisses d'invendus. Quant à Didier Dutronc, il passa au Monument-National pour empocher les recettes de sa lecture en argent liquide, reprit l'avion et retourna voir aux affaires courantes du grand auteur. Il conserva, sa vie durant, l'anorak au capuchon garni de renard albinos, une rareté !

*

À Paris, l'affaire de La Toge du Vair s'était calmée. On s'excitait maintenant autour d'un nouveau scandale, un obscur plagiat perpétré par un journaliste très en vue, un type très comme il faut qui incarnait la réussite en toute chose. Partout, les uns et les autres s'esclaffaient, vitupéraient et tournaient en ridicule le scribouilleur qui grenouillait. Le truc habituel. Pff!

Descendance

Comment oses-tu jouer ainsi avec la vie?
Fais ton devoir envers moi, je ferai le mien
envers toi et le reste de l'humanité.

MARY SHELLEY

COMME PLUSIEURS ADOLESCENTES, Judith ne s'était jamais habituée à vivre sans éprouver quelque sentiment d'étrangeté. La vie n'avait rien de logique, en soi. De ce fait, elle se révélait souvent fort étrange, elle-même. Comme tout le monde, depuis l'enfance, Judith avait éprouvé diverses difficultés. D'abord, ce fut la gardienne à apprivoiser; ensuite, l'entrée à l'école où ça débordait d'enfants qu'elle ne connaissait pas; enfin, plus tard, elle fit la découverte du travail, si particulier, avec ses patrons et obligations, droits et avantages sociaux. À chaque fois, Judith fut déconcertée, mais, à chaque fois aussi, elle avait surmonté la nouveauté en s'adaptant aux contextes et circonstances diverses.

Judith était une fille de bonne famille. Son père, technicien en médecine nucléaire et sa mère, professeure en sciences infirmières, l'avaient incitée à faire des études poussées. Par goût et une certaine volonté de se singulariser, elle se lança dans les arts et, à l'adolescence, annonça à tous qu'elle deviendrait écrivaine. Ses parents en furent d'abord étonnés, puis charmés. De fait, ils la laissaient faire tout ce qu'elle voulait, ayant chacun une carrière à mener. Judith reçut un iPod, un iPhone puis un iPad pour *surfer* partout dans le monde et se faire des amis par le truchement des réseaux sociaux où elle devint populaire pour ses réparties amusantes. Elle eut quelques petits copains, termina ses études et décrocha baccalauréat et maîtrise en un temps record.

*

Judith étudiait beaucoup et tout le temps. Elle suivait même des cours l'été pour prendre de l'avance et enfilait les diplômes les uns à la suite des autres à une folle vitesse, propulsée telle une comète déchirant la nuit de son énergie lumineuse. À l'université, on lui offrit une charge de cours ; puis deux. Et elle se mit à aimer transmettre ses goûts littéraires et faire l'analyse des grandes œuvres. Elle se spécialisa dans le Nouveau Roman et projeta de déposer un sujet de doctorat traitant de l'œuvre de Nathalie Sarraute dans l'année. Mais voilà, Éros veillait et, le jour où elle s'inscrivit au troisième cycle, Aline rencontra quelqu'un. Une personne fabuleuse. Un être exquis. De façon un peu théâtrale, elle écrivit sur le mur Facebook d'une de ses amies : « J'aime ! Oui ! Sache que je suis enfin aimée ! » Chamboulée par le choc amoureux, d'autant plus fort qu'elle avait vécu à l'écart, étant toute à ses études, Judith perdit contenance et se jeta dans une passion ardente, exubérante, voire effrénée, une folle passion qui allait tout changer.

Tel un ange aux cheveux blonds et bouclés, Dominique avait le corps souple et délié des gymnastes et poursuivait des études supérieures en éducation physique, planchant sur le rôle des endorphines dans la praxis de la nage chez les ados. La connaissance du corps restait son principal champ d'études : il lui fallait comprendre le mécanisme des hormones dans l'économie générale du développement physiologique des jeunes nageurs. La nage synchronisée restait son domaine de prédilection. La piscine était son terrain de jeu, la bibliothèque universitaire, son lieu d'étude et d'écriture.

*

La première fois que Judith invita Dominique à la maison, elle put présenter à sa mère l'objet de son amour. Cette dernière lui serra la main avec chaleur et retourna vitement à la correction de ses mille travaux d'étudiants, débordée de partout, en pleine mi-session, comme de raison.

*

La deuxième fois que Dominique vint à la maison des parents de Judith, ce fut le père qui se présenta à la porte et la lui ouvrit. Ils se serrèrent la main avec plaisir et ce dernier prétexta un bouquin à terminer pour s'esquiver et laisser seuls les jeunes gens.

*

Dans les mois qui suivirent, jamais le mot «lesbiennes» ne fut prononcé. Ni même celui d'«homosexuelles». Ni quoi que ce soit. Rien. Jamais.

*

Pourtant, un jour vint où le père finit par exprimer son inconfort. Les deux parents étaient au lit, en train de lire chacun son bouquin. Dans le secret de la chambre principale, le bourgeois ferma sa brique d'un coup sec, puis éclata, ne pouvant étouffer les cris d'une sourde colère.

— Deux filles ensemble! Tu te rends compte? Cela signifie que je n'aurai pas de descendance! Tssss!

— Tu es jaloux.

— Je ne suis pas jaloux. Judith pourrait me présenter n'importe quel homme, je céderais tout de suite! Je m'effacerais complètement pour qu'il prenne toute la place auprès de ma fille! Mais... une autre femme! Judith ne se rend pas compte! Et toi, sa mère, tu ne dis rien? Quel est ton sentiment envers ta fille qui, encore une fois, n'en fait qu'à sa tête?

— Oh! Moi? Je n'interviendrai sûrement pas. Et ne compte pas sur moi pour lui faire entendre raison. C'est autant ta fille que la mienne au demeurant. Et puis... elle fait à sa tête depuis des années; ce n'est pas aujourd'hui que cela va changer! répondit la mère avec humeur.

— Tu crois que c'est encore pour nous provoquer qu'elle nous a amené cette grande femme baraquée comme une haltérophile ?

— Tu exagères ! Une haltérophile russe tant qu'à y être ? Ou une lanceuse de marteau polonais ? siffla la mère, ironique, feignant de continuer à lire son roman.

— Une vraie nageuse allemande... laissa tomber le père avec dépit.

C'eût été un euphémisme de dire qu'il abhorrait la belle Dominique, solide, équilibrée, intelligente et gentille à souhait. L'idée de ne pas avoir de descendance lui avait vrillé le cerveau, tant et si bien qu'il était devenu obsédé par la perpétuation de son espèce au fil des jours, des semaines et bientôt des mois.

*

Un soir, à l'heure du souper, alors qu'ils étaient à table tous les trois, le père décida de s'ouvrir et se lança de but en blanc dans le sujet.

— Avec cette Dominique, fit-il, s'adressant à sa fille, tu n'auras pas d'enfant. As-tu seulement pensé à cela ? Selon moi, tu ne te rends pas bien compte de la gravité de tes amours appelées à rester stériles. Et puis moi, là-dedans ? As-tu pensé à moi, dans tout cela ? Ça me fait quelque chose, vois-tu, lâcha le père rageur, avec dépit.

— Mais voyons donc, papa, reprit Judith avec une moue dédaigneuse qu'il ne lui connaissait pas, on n'est plus dans les années soixante-dix ! L'homosexualité est acceptée de nos jours ! T'es

ben vieux jeu! Et puis... des enfants... j'en adop-
terai. C'est tout!

— Tu pourrais aussi te faire inséminer artifi-
ciellement, remarqua la mère, pensive. Je me suis
informée à la faculté.

— C'est ça! tonna le père. Liguez-vous toutes
les eux contre moi! éclata-t-il, rouge de rage. Là-
dessus, il sortit de table, cramoisi, l'estomac sens
dessus dessous.

Mère et fille se regardèrent, stupéfaites. Après
un long silence, la mère lâcha des mots terribles.
Articulant chaque syllabe, elle dit : «Il a toujours
voulu un garçon.» Alors, Judith blêmit et partit
dans sa chambre.

*

Dès lors, la vie de ces trois-là se transforma en un
drame tranquille fait de mots retenus, de pensées
inavouables et non avouées, voire de phrases essen-
tiellement creuses. Bref, la vie quotidienne devint un
calme cauchemar. Désormais, chacun essaya d'épar-
gner à l'autre le fruit de ses cogitations. Mais le mal
était fait. Judith savait que sa naissance avait déçu
son père. Elle comprit que ses parents lui avaient
laissé faire ses quatre volontés, l'abandonnant à elle-
même, parce qu'elle n'était pas le fils que son père
attendait depuis toujours, reportant cet espoir de
descendance sur elle, afin qu'à son tour, elle conçoive
l'héritier tant attendu...

Pour sa part, la mère avait réduit à néant la relation entre le père et sa fille, en révélant ce secret

épouvantable qui les avait tous dévastés, comme quoi toute vérité n'est pas bonne à dire.

Quant au père, il avait dévoilé l'ampleur de sa déception à sa femme et cette fille un peu fofolle qu'il n'était jamais arrivé à contrôler. Cette mise au jour avait désintégré ce qui leur tenait lieu de famille. En communiquant le fond de sa pensée, le père avait clos des années de regret, voire de ressentiment. Sur ce, il venait enfin d'ériger son autorité paternelle. Du coup, il ne s'en sentit que mieux.

*

Peu de temps après, d'un commun accord, le père et la mère se liguèrent et exigèrent de Judith qu'elle soit hétérosexuelle comme tout le monde.

*

Ce qu'elle fit. Pour leur faire plaisir.

La cité perdue de Morelia

*De tout temps la beauté a été ressentie par
certains comme une secrète insulte.*

CLAUDE DEBUSSY

QUAND LA VICTIME fut morte, l'assassin
décampa, animé par la peur d'être vu et
dénoncé. À Morelia, les murs n'ont pas d'oreilles ;
c'est par les meurtrières que l'information circule.

*

Quand la dernière victime fut enterrée, ses enfants
se sentirent libérés de son emprise. Disposé autour
du cercueil qu'elles avaient fleuri, un chœur de Mexicaines entonna un chant beau et triste, tenant chacune un cierge. La cérémonie achevait.

Quand la dernière pelletée de terre fut déposée
sur la tombe de la dernière victime et que, sur le
tertre encore meuble, on lança la dernière fleur,
toute l'assemblée soupira. Il y eut un grand silence.
Le prêtre entreprit de bénir la tombe afin que la
paix règne à nouveau. Puis chacun retourna chez

soi, empreint d'une sérénité qui lui était jusque-là inconnue.

*

Le meurtre avait été perpétré la veille, à l'aube. Une équipe de limiers avait reconstitué la scène du crime tâchant de relever des traces autour du corps de la personne assassinée. On l'avait retrouvée dans un parc, la tête coupée, au beau milieu de la fontaine, là où les enfants jouent à la sortie de l'école. Or ce n'étaient pas les enfants qui avaient découvert le corps profané de la victime. C'étaient des chiens. Au petit matin, agglutinées en meute, les bêtes errantes avaient déclenché l'alerte en aboyant.

À Morelia, les vieilles femmes ont le sommeil fragile ; elles sont les vigiles d'une cité où toute la population du Michoacán vient prier. Jadis, des missionnaires catholiques y firent construire une fastueuse cathédrale de basalte rose qui luit de mille feux au crépuscule. Peu après, des prêtres consacrèrent la chapelle d'un couvent à Nuestra Señora de Guadalupe. Par la suite, d'autres choisirent une église pour suspendre un Christ noir aux traits aztèques, el Señor del Veneno. Depuis, circulant d'une église à l'autre, les Mexicains viennent s'y recueillir afin de recevoir la protection jumelée des dieux incas et des saints chrétiens. Or cette nuit-là, des vieilles femmes s'étaient réveillées en sursaut pressentant la même scène sacrificielle.

La victime était bien connue dans le *Zòcalo*. Plusieurs l'avaient vue ce jour-là, marchant de rue en rue avec ses deux adolescents, un garçon et une fille aux yeux pers et aux cheveux clairs. Tous les jours, la belle *mujere* les accompagnait à l'école, chacun la sienne, l'un après l'autre. Entre l'aller et le retour de ses enfants, elle passait du temps dans les parcs de la ville. Elle y chantait des chansons d'amour ou de vieux *cantos* espagnols aujourd'hui oubliés pour lesquels les passants lui jetaient quelques pesos. Elle arrivait à vivre de ces oboles, mais ses enfants lui en voulaient d'avoir abandonné leur père et de les avoir entraînés dans cette vie de crève-la-faim où elle devait quêter.

Jour après jour, les enfants subissaient les railleries des autres adolescents. Ils auraient préféré vivre autrement et savoir qui était ce père qui leur restait inconnu. Leur mère refusait d'en parler et persistait à taire le nom de la ville où ils avaient poussé leurs premiers cris. Un jour pourtant, excédée, elle déclara que leur père était un homme corrompu et méchant. Et plus jamais ils n'abordèrent le sujet.

Européen d'origine, Jörge avait choisi le Mexique comme terre d'adoption; il y épousa une fille du pays. Ils fondèrent une entreprise, puis sa femme conçut des jumeaux, nés chacun dans son œuf. On voyait à la pâleur de leur peau et à la couleur de leurs yeux qu'ils n'étaient ni descendants des Aztèques ayant construit la fabuleuse cité de Teotihuacan ni des Mayas ayant jadis érigé la grande pyramide de Chichén Itzá. Ils présentaient les traits des civilisations nordiques qui vivent heureuses dans la neige. Quand on les voyait, on les imaginait en train de glisser sur les lacs glacés ou de serpenter le long des forêts sur de longs skis. Les gens de Morelia disaient que ces deux-là n'étaient pas des leurs. Parfois, sur leur passage, une vieille se signait.

*

La *mujere* les avait prénommés Gabriel et Rosa; elle leur avait donné son nom de jeune fille lors de leur inscription à l'école. Elle avait aussi troqué son prénom pour celui de sa grand-mère afin de brouiller les pistes, tant et si bien que personne ne pouvait la retrouver dans cet écheveau de patronymes qu'elle avait tressé pour ne pas être retracée. Depuis quatorze ans, elle circulait sous le nom de Jasmina Morales, présentant de faux papiers aux autorités. Elle vivait à Morelia depuis qu'une amie lui avait cédé son appartement avant de partir s'établir au Canada, pays froid où les érables pleurent des larmes de sucre au printemps.

*

Jasmina était une femme racée aux traits angulaires, mais elle avait grisonné vite, comme une fleur qui se fane trop tôt. Elle ne mangeait que s'il restait quelque chose, après que ses enfants se soient d'abord nourris. On voyait ses os saillir sous ses vêtements élimés. Les uns l'appelaient la Gitane, d'autres la Métisse, et d'autres, encore, la Folle, car elle chantait parfois des chansons tristes en français.

*

Un jour, dans une voiture noire, un homme vint à Morelia, encadré de gardes du corps. C'était un homme d'affaires riche et puissant. Il lança un avis de recherche au sujet de sa femme et de ses deux enfants au teint clair. Il promit de l'argent à quiconque le mènerait à eux. Personne ne révéla quoi que ce soit. On tint cachés la femme et ses enfants, se relayant pour les protéger et les nourrir. Finalement, l'homme repartit pour continuer ses recherches dans les villes voisines, déterminé à les débusquer où qu'ils soient. Et la vie reprit son cours comme avant.

*

Peu de temps après, un mercenaire vint s'établir dans la ville rose. Il y acheta l'une des plus belles maisons pour y rester à demeure. C'était un desperado, un homme qui ne craint rien ni personne, pas même la Mort. L'homme menait grand train, donnant des fêtes les dimanches et organisant des soirées endiablées où coulait la meilleure tequila du Michoacán. Il cherchait à étendre son influence au sein de la population locale. Le temps et l'argent viennent souvent à bout des meilleures personnes qui soient.

*

Or, un soir, un marchand ivre parla de la chanteuse mélancolique qui hantait les parcs de la ville. Un autre renchérit à propos de sa beauté un peu surannée, et sa femme parla de ses enfants aux yeux clairs et aux cheveux pâles qui fréquentaient les mêmes écoles que les siens. Le mercenaire les écouta sans mot dire. La fiesta battait son plein ; il fit remplir les verres.

Au fil des conversations, il reconstitua la vie de cette femme qui avait pour nom Jasmina Morales. Il la fit suivre par un de ses valets. Quand il sut où elle habitait, il partit à Mexico rencontrer un homme d'affaires prospère, son mari. Il lui offrit de retrouver sa femme et ses enfants. Il ne lui demanda pas d'argent. Jörge, qui cherchait sa famille depuis toujours, ne crut pas celui qui disait pouvoir retrouver les siens. Il lui lança le défi de prouver leur existence sans pour autant les démasquer. Le desperado sourit et sortit des photos de Jasmina, Gabriel et Rosa Morales. Jörge entreprit de négocier le rapt de ses enfants.

Au terme de la nuit, ils conclurent un accord selon lequel le mercenaire lui ramènerait ses rejetons, tout en faisant comprendre à sa femme qu'elle avait été trop loin. Mais demander à un assassin de ne pas tuer, c'est comme demander à une chanteuse de ne pas chanter.

*

Quand la dernière victime de l'assassin fut tuée, que son corps profané fut découvert dans la fontaine et que la nouvelle du meurtre se répandit, l'homme d'affaires reçut un coup de fil. Il quitta Mexico séance tenante. L'assassin était déjà loin.

*

La mort de Jasmina Morales fit le tour du pays ; tous les médias en parlèrent, décrivant la scène du crime, un crime portant la signature d'un sadique.

*

Chemin faisant, Jörge réfléchit à toutes ces années de recherche qui l'avaient conduit à sillonner un pays qu'il avait choisi avec ferveur. Il pleura la mort violente de sa femme, une mort qu'il n'avait pas voulue. Une fois à Morelia, entouré de ses hommes, il se fit conduire au cimetière. La cérémonie funéraire achevait. Le prêtre bénissait le corps enseveli. Près de lui, le chœur des Mexicaines scandait une poignante mélopée. Il attendit.

L'homme d'affaires demanda à ses gardes du corps de rester en retrait. Quand il approcha, les adolescents tournèrent la tête vers lui. Ils virent un homme élégamment vêtu s'approcher, un homme à qui ils ressemblaient. L'homme leur dit qu'il était leur père et ajouta qu'il était venu les chercher. Surpris, les jumeaux continuèrent à le dévisager. Puis ils le suivirent.

Enfin, chacun rentra chez soi. On n'entendit plus jamais parler d'eux à Morelia.

Teotihuacan

Il ne faut rien expliquer à un enfant, il faut l'ensorceler.

MARINA TSVETAÏEVA

QUAND LA VIEILLE INCA est arrivée dans l'aérogare, tous les Mexicains ont ôté leur chapeau de cowboy sur son passage, en signe de déférence. L'auguste vieille trônait dans son fauteuil roulant poussé par une infirmière. À ce moment précis, je me souvins des dernières paroles d'Ernesto qui était venu me reconduire à l'aéroport : «Méfie-toi des *rancheros*! Ils te feront les poches dans le temps de le dire. Et salue tu sais qui, chapeau bas!» Je n'ai pas répondu, préférant lui serrer la main d'un air complice. Parfois, il vaut mieux laisser entendre certaines choses qu'on ne saurait bien traduire avec des mots. Quand on voyage, il faut savoir écouter et parler peu.

Après la fouille d'usage, j'ai franchi la porte d'embarquement pour traverser des kilomètres de corridors parsemés de boutiques hors taxes afin de me rendre à la salle 59 déjà remplie par les autres passagers du vol.

Il y avait là une ambiance indescriptible. La plupart des voyageurs, des Sud-Américains aux cheveux noirs et au teint hâlé, s'étaient réunis de manière à former trois groupes, dont un constitué d'hommes plus petits. «Des Mayas, sans doute...», siffla un gringo à côté de moi. Je ne répondis pas, et je restai un peu médusée par la scène. Les douaniers canadiens les avaient regroupés pour leur donner des consignes de vive voix. «Tous analphabètes!» murmura mon voisin du bout des lèvres sur un ton méprisant. Ne voulant pas converser avec une personne aussi désagréable, je haussai les épaules en m'éloignant.

Je décidai d'aller m'asseoir près de la porte d'embarquement, derrière un attroupement de Mexicains à qui les officiers expliquaient les procédures de retour en espagnol. Ils distribuèrent ensuite une multitude de formulaires; certains s'affairaient à les remplir pour eux-mêmes, d'autres pour leurs amis. Quant à moi, je m'occupai à déplier mon journal pour savoir quelle équipe avait gagné la partie de hockey lors du match de la veille. Il n'y a rien comme les nouvelles du sport pour ne pas se mêler des affaires des autres.

Je n'avais pas vu que le gringo m'avait suivie en tirant sa valise à roulettes. Il vint s'asseoir à mes côtés et se pencha vers moi pour me glisser à l'oreille qu'il s'agissait là de travailleurs saisonniers qui retournaient chez eux, les poches pleines. Je jetai un coup d'œil dans sa direction. J'avais l'étrange impression de reconnaître ce type si désagréable. Je ne savais ni quand ni où j'avais eu affaire à lui, mais sa présence n'augurait rien de bon. Et quand je lui demandai : «Est-ce qu'on se connaît?», il me répondit «Pas du tout !» en écarquillant les yeux. Puis il devint blême et voyant que je n'étais pas de son opinion, il sortit sa tablette électronique, l'alluma et fit mine de s'y absorber. Il était jeune, mal attifé et portait des vêtements sport griffés au logo voyant. C'était un spécimen sans intérêt pour moi. Je voulus marquer le coup, et je tournai la page de mon journal en froissant les pages au maximum. Je plongeai avec délices dans la chronique nécrologique avec ses photos d'illustres disparus, généralement disparates, souriants, comme s'il fallait partir en laissant une belle image en guise d'adieu.

Je commençai par jeter un coup d'œil à la liste des nouveaux trépassés, espérant n'y reconnaître personne, comme de raison. En un éclair, la folle idée de m'y voir revint alors me hanter. Soudain, mon affreux voisin se pencha à nouveau vers moi ; je crus comprendre qu'il tâchait par quelque moyen de renouer le fil de cette conversation inachevée, comme si le fait de prendre le même vol créait entre nous un lien, voire une complicité. Je soupirai en pestant contre cet enquiquineur quand il me susurra à l'oreille : «Si les Mexicains acceptent de venir ramasser nos fraises et nos tomates durant l'été, grand bien leur fasse. Ce n'est pas moi qui le ferai. Et il y a si peu de Québécois prêts à le faire que...» En guise de réponse, je repliai mon journal et me levai promptement pour aller voir les revues au kiosque d'en face, laissant mon interlocuteur en plan. Après tout, je ne le connaissais pas et je ne lui devais rien.

Je feuilletai pendant quelques minutes les revues de décoration. Elles avaient pour effet de me calmer.

Plus tard, je me tournai pour jeter un coup d'œil au tableau électronique afin de savoir quand l'embarquement aurait lieu. Je disposais encore d'une bonne vingtaine de minutes. Sous le tableau lumineux, je vis qu'un petit attroupement s'était formé. Toute une cour de Mexicains tournait maintenant autour de la vieille Inca en lui offrant des fleurs et des petits cadeaux. Décidément, même fripée par l'âge, cette vieille personne en imposait. Elle était vêtue avec simplicité, mais une telle dignité émanait de sa personne qu'on aurait dit sans crainte de se tromper qu'elle était de noble ascendance. Bien qu'elle m'apparut affaiblie par l'âge et la maladie, je trouvais que sa fierté était emmêlée de gravité et, quand elle regardait quelqu'un, la personne ne pouvait soutenir son regard tant il était pénétrant. On avait l'impression que, d'un seul coup d'œil, elle pouvait fouiller votre âme, qu'elle arrivait à percevoir votre être intime dans ses replis les plus secrets. Je détournai tout de suite les yeux pour retourner aux revues qui s'empilaient dans les présentoirs, rougissant comme si la vieille m'avait déjà radiographiée et qu'elle avait eu accès à un aspect de moi-même qui m'avait échappé jusqu'alors.

Soudain, j'entendis une voix déformée par le haut-parleur déblatérer le message tant attendu. Nous allions enfin procéder à l'embarquement. Le premier appel était destiné aux personnes à mobilité réduite. Je vis alors l'infirmière de la vieille Inca sortir deux passeports de son sac : l'un, rouge vin et l'autre, bleu marine. Elle les présenta aux agents de bord qui se précipitèrent pour les accompagner jusqu'à l'avion. Étrangement, l'idée que la vieille

Inca détienne un passeport diplomatique ne me fit pas sourciller. De fait, l'affaire m'amusa. Je pensai que les vieilles chamanes avaient droit à beaucoup d'égard quand il s'agissait de retourner au Mexique. Dans le branle-bas, je vis dans son dos, accroché à la chaise, le soluté qui la nourrissait. Quand son infirmière la retourna pour faire avancer sa chaise vers le guichet, je découvris aussi un petit tube inséré dans l'une de ses narines. Je jetai ensuite un coup d'œil aux *rancheros*. Ils avaient tous remis leur Stetson sur leur tête et recommencé à placoter entre eux. L'ensemble de leurs voix créait une sorte de murmure ponctué de sonorités musicales qui faisait plaisir à entendre. Là-dessus, je poursuivis mon inspection des revues pour me rabattre sur le dernier exemplaire du *National Geographic* qui présentait un reportage sur les Touaregs, les Hommes bleus vivant aux confins des déserts du Sahara. Je fis semblant de lire.

L'embarquement se déroula avec ordre et méthode : la vieille Inca suivie de son infirmière d'abord – noblesse oblige ! Ensuite, chacun des groupes de travailleurs se présenta et on appela chaque Mexicain par son nom. Enfin, les *gringos* purent se présenter. Nous étions une poignée, dont ce gêneur qui m'avait importunée depuis mon arrivée à la salle 59. Je souhaitais ne pas me retrouver assis à ses côtés. Je fus exaucée dans mes prières et me retrouvai assise aux côtés d'un homme d'affaires pas plus chevelu que loquace ; il passa le plus clair de son temps à aligner des chiffres sur l'écran de son ordinateur.

*

Ce fut un vol sans histoire. La compagnie d'avia-
tion servit des crêpes arrosées de sirop de maïs,
des tortillas, des œufs, des pommes de terre et
des fruits frais. Par la suite, tout le monde s'endormit, chacun décaramélisé par l'afflux d'insuline.
J'avais l'impression d'être dans un dortoir de chantier tant les hommes ronflaient. Et puis, je me suis
laissé influencer par leur respiration bruyante et j'ai
décidé de dormir moi aussi. Pourquoi me priver ?
J'ai vérifié si j'avais toujours mes papiers et mon
passeport dans ma veste, l'ai roulée et, après avoir
incliné mon siège au maximum, je m'en suis servie
comme coussin vite fait. Et puis, à mon tour, je me
suis assoupie.

*

Une fois arrivée à destination, je suis descendue puis
j'ai suivi les autres vers les guichets des officiers, ceux
dont le seul travail semble de tamponner mon passeport et vérifier si j'avais bien répondu aux questions de ma déclaration officielle. Oui, oui, oui, non,
oui, non et... non, je ne voyage pas avec plus de dix
mille dollars dans mes poches ; je n'ai ni armes explo-
sives, ni produits dangereux dans mes bagages, ni
saucisson, ni fruits, ni rien à manger.

Pendant que j'attendais mon tour dans la file,
j'ai vu la vieille Inca passer par le guichet réservé
aux détenteurs de passeports diplomatiques. Le

voyage avait dû la fatiguer. Elle n'était plus en fauteuil roulant, mais plutôt couchée sur une civière poussée par des types de l'aéroport vêtus d'une veste fluo. L'infirmière courait derrière, tout en tenant le soluté à bout de bras. Je me dis que voyager n'est pas une bonne idée quand on est aussi faible. Je me demandai ce qui avait bien pu motiver un tel voyage. Finalement, ce fut à moi et, après avoir fait mon tour de piste devant ce monsieur en uniforme, je sortis parce qu'il faut comprendre que je n'avais pas que ça à faire.

Une fois rendue au rez-de-chaussée de l'aéroport mexicain, dans un corridor menant à l'extérieur, je dus encore attendre mon tour pour obtenir un de ces taxis officiels appelés *Hielo Cab*. Soudain, je vis arriver trois Bentley noires aux vitres teintées. L'arrivée de ce cortège ne laissait subsister aucun doute sur la qualité des personnes qui y seraient véhiculées. Je me dis que la vieille Inca allait encore passer avant tout le monde... et je n'eus pas tort.

Un jeune homme en livrée sortit de la première Bentley, il prit les nombreuses valises de la vieille et en remplit le coffre de sa voiture. Le chauffeur de la deuxième en descendit, fit entrer l'infirmière qui sanglotait et referma la portière ; il s'occupa ensuite de corder tous ses bagages dans le coffre. Quant à la troisième Bentley, il en sortit quatre colosses aux cheveux gominés et à la moustache cirée, impeccables dans leur smoking. Je vis qu'il s'agissait là d'une voiture différente quand ils ouvrirent le coffre arrière pour en sortir une luxueuse civière pourvue d'un coussinet de soie. Ensuite, avec la plus grande délicatesse possible, ils y étendirent la vieille Inca dont le teint avait vraiment pâli ; quant au soluté, il s'était vidé et ils le jetèrent aux poubelles. On alla chercher l'infirmière qui extirpa son tube avec soin, tout en lui parlant doucement. Bien que, selon toute apparence, elle soit morte, les molosses lui prodiguèrent mille caresses en la rassurant, puis l'enveloppèrent dans une couverture entièrement brodée à la main ; enfin, ils ajustèrent la civière pour qu'elle reste en place.

Quand un taxi s'est enfin pointé pour me prendre, les types de la dernière Bentley se sont approchés de moi, l'un a soulevé ma valise au bout de son bras et m'a invitée à m'asseoir sur le siège avant. Dans un espagnol approximatif, j'ai dit que j'allais à Mexico, au centre-ville, non loin du Zòcalo, voir ma famille. Ils m'ont fait comprendre que leur offre ne pouvait être refusée. Je suis montée dans leur voiture. L'un d'entre eux m'a offert des chocolats en forme de pierre tombale. Un autre m'a servi une pâtisserie dans un bol qui évoquait un crâne. C'est fou ce que la mort peut faire partie de la culture mexicaine.

J'ai grignoté les friandises sans poser de questions tout en regardant la mégapole défiler sous mes yeux. Puis le chauffeur a emprunté l'autoroute en direction de Teotihuacan, la cité des dieux. Tout au long de la route, personne ne parlait. Soudain, le chauffeur a pris la sortie pour le village de San Francisco Mazapa. Chacun pouvait voir au loin les majestueuses pyramides de la nécropole sacrée. C'était là un des plus beaux paysages qui soient. Celui de mon enfance.

Un des membres de cet étrange commando m'a fait comprendre qu'il fallait d'abord s'occuper de la vieille dame qui était derrière. Ce n'était ni le temps ni le lieu de commencer à discuter. La situation évoluait de manière inédite, c'est le moins qu'on puisse dire. Je m'étais simplement préparée, ce jour-là, à prendre un vol pour Mexico, et voilà que je faisais maintenant partie du cortège mortuaire du clan d'une vieille dame Inca. J'ai décidé de prendre mon mal en patience. Je ne me suis pas inquiétée. Moi aussi, je suis une descendante des grands Incas.

Ils ont immobilisé la voiture dans le parking d'un petit restaurant où le patron nous a servi du jus de cactus frais. Un pur délice que je n'avais goûté depuis longtemps. La journée avait été longue et, en cette fin d'après-midi, le soleil descendait en irisant les pyramides qui se coloraient de safran. Je fus éblouie. Je me souvins que ce jus avait des vertus particulières... Il s'agissait de vitamines dont le cocktail produisait une combinaison énergétique recherchée par les athlètes. Mais, au bout d'un moment, je commençai à avoir des hallucinations. Je vacillai. On me fit asseoir. Alors, je vis la morte se réanimer et me toiser de son terrible regard. Elle s'exprimait dans un langage que je ne connaissais pas ; il s'agissait probablement d'une langue ancienne, le *nahuatl* peut-être. Elle s'approcha de moi et me dévisagea lentement. Puis elle leva les bras au ciel et, après avoir proféré une suite d'imprécations, posa ses mains sur mes tempes. À partir de ce moment, je n'entendis plus rien. Paniquée, je criai : « Maudite sorcière ! Maudite Inca ! » En vain. En me rendant sourde, elle m'avait aussi rendue aphone. Je tentai alors de me débattre pour lui échapper, mais il était trop tard. J'étais parcourue par une agitation que je n'arrivais plus à contrôler. Les croque-morts s'approchèrent pour me retenir. Et, peu à peu, sous l'empire de la puissance maléfique, je m'immobilisai. Un des types en noir vint vers moi; il tenait un bol rempli d'une substance brunâtre qui avait l'aspect du chocolat fondu. La vieille Inca y plongea une main, et puis l'autre. Cela fait, elle m'enduisit les yeux de cette pâte tiède. Je perdis la vue. Une fois exposée aux poisons de cette mixture, je tombai dans une sorte d'engourdissement et je finis par m'évanouir.

Quand je m'éveillai, il faisait nuit. J'étais par terre, en position fœtale, pieds et poings liés, incapable de bouger. J'avais la peau tendue par une couche de pâte qui avait séché, faisant une sorte de masque sur mon visage. En secouant la tête, j'essayai d'en fendre la croûte tant et si bien que, à force de grimaces, le masque se craquela et, une fois les yeux dessillés, je pus voir un peu mieux. J'étais couchée en face d'un immense escalier de pierre menant au sommet d'une des deux pyramides de Teotihuacan, celle du Soleil. De chaque côté, on avait allumé des feux. Soudain, je vis une adolescente s'approcher, armée d'un couteau. Sans dire un mot, elle défit mes liens et m'aida à me relever. Je brisai morceau par morceau le masque terreux qui collait encore à mon visage. En silence, par une suite de signes, la jeune femme m'invita à monter l'escalier. Ce que je fis sans poser de question. Je pris le temps de m'étirer les jambes et les bras avant de m'exécuter et, tranquillement, je la suivis, gravissant une à une les marches dans la nuit.

La pyramide se composait de trois paliers dont les marches étaient si abruptes et si hautes qu'il nous fallait nous arrêter à tout bout de champ pour reprendre notre souffle. Une fois rendues au sommet, encore haletantes après cette montée exigeante, nous nous arrêtâmes pour découvrir la vieille Inca vêtue de vêtements sacrificiels, encerclée par ses fidèles gardes du corps qui avaient troqué le costard pour une tunique brodée à l'effigie de Quetzal-cóatl. Au centre de leur cercle, un grand feu jetait des gerbes de lumières sur un étal de pierres autour duquel le clan se préparait à officier sa sinistre cérémonie. Je compris alors que j'étais la victime offerte en sacrifice.

Au moment même où je m'apprêtais à déguerpir, je vis les quatre disciples prendre la vieille chamane et la poser avec ménagement sur l'étal de pierre. Le premier lui planta un couteau dans la poitrine ; aidé par le second, il lui arracha le cœur tandis qu'elle poussait d'atroces gémissements. Elle était encore en vie !

Subjuguée par l'horreur de la scène, je restai clouée sur place. Je les vis ensuite jeter le cœur au feu. L'adolescente me prit par la main et me tira vers les escaliers. J'allais échapper à la suite de cette messe offerte aux grands dieux aztèques. N'eût été les feux allumés de part et d'autre des marches, nous aurions déboulé elle et moi. Nous étions littéralement propulsées par la terreur. Une fois en bas, essoufflée, je vis encore d'autres feux jalonner une aire de stationnement et je m'y dirigeai seule. Une Bentley m'attendait. Un jeune homme en livrée vint m'ouvrir la porte du côté passager. Sur le siège, une enveloppe à mon nom m'attendait. Suite à la mort de la vieille Inca, les membres de la secte de

Quetzalcóatl m'avaient désignée. Il n'était plus question de revenir. Une nouvelle vie commençait pour moi.

En montant dans la voiture, je passai devant le rétroviseur et me vis. J'avais vieilli de cent ans.

Effets secondaires

*Les médecins administrent des médica-
ments dont ils savent très peu, à des malades dont ils savent moins, pour guérir des
maladies dont ils ne savent rien.*

VOLTAIRE

CHAQUE SAISON comporte son lot de désagréments. Certains détestent l'hiver avec
la neige qui les fait déraper; pour d'autres, c'est
l'été et la canicule qui les incommodent. Pour
Claude Taillon, la période d'inconfort démarrait
au printemps, au moment où les arbres se réani-
ment pour bourgeonner, se couvrir de feuilles et
reverdir. Souffrant d'allergies saisonnières, Claude
devait consommer une foule de médicaments afin
de contrer les signes avant-coureurs de la crise, et
la crise en tant que telle. Nez bloqué, yeux rouges
et bouffis, Claude Taillon était secoué de trois à six
mois durant par les éternuements, les montées de
sécrétions dans la gorge, les maux de tête, les pico-
tements, le larmoiement, les difficultés respiratoires
ou, parfois, les poussées d'urticaire. Mais à force de
comprimés, gélules et autres pastilles, il avait réussi
à surmonter le problème. Or, un jour, un nouvel
inconfort vint s'ajouter à l'ordinaire.

Dès l'aube, après l'ingestion de ses comprimés réglementaires, une douce mélancolie pénétrait lentement en lui. Alors qu'il venait tout juste de déjeuner, un sourd appel se faisait entendre, tel un chant obscur venu d'on ne sait quel inquiétant vortex. Et, peu à peu, la déprime se déployait pour se répandre, venant l'envahir de pulsions suicidaires qu'il laissait sourdre, comme s'il était sous l'empire d'une puissance qu'il était incapable d'endiguer.

Au départ, Claude avait mis sur le compte de la fatigue ces élans si sombres qui l'embrumaient au petit matin. À l'époque, il arrivait encore à réprimer ces montées qu'il appela d'abord des «humeurs», puis des «malheurs» jusqu'au jour où l'expression «petites apocalypses» s'imposa. Ce qui le décida à consulter un psy.

Il ouvrit le gros bottin téléphonique de l'île, à la lettre «P». Ce vieux réflexe de saurien précatho-dique lui mit la puce à l'oreille quant à sa manière si ancienne d'envisager les problèmes somme toute modernes qui l'affligeaient. Il posa le pavé sur le plan-cher, puis ouvrit son portable ultramince pour taper «psy Québec». Le moteur de recherche l'aiguillonna instantanément sur le site web d'un pharmacien radié faisant dans la psychothérapie entre deux *pop-up*. Du coup, Claude Taillon alla mieux : il y avait plus fou que lui. Et il se mit hardiment à visiter le site en cliquant sur les onglets, tous plus criards les uns que les autres avec leurs définitions de symptômes en fluo, leurs images de symboles ésotériques et leur approche bébête qui amalgamait pilules, psy-chanalyse et astrologie. Devant ce chahut nourri de néons criards, Claude Taillon ferma l'écran, complètement rasséréné. Tout allait bien. Il y avait encore plus fou, toujours plus fou. Ouf! Là-dessus, il retourna à ses papiers, actes et minutes notariés, contrats hypothécaires patentés, affidavits, testaments et autres contrats.

Mais voilà que, jour après jour, la funeste musique revenait le hanter. S'il avait essuyé quelques échecs dans sa vie personnelle, il avait aussi récolté quelques réussites, dont une certaine reconnaissance professionnelle chez ses collègues, ces précieux si difficiles à satisfaire en matière légale. Or la voix du spleen le prenait par surprise, car elle se déployait sous mille formes tout en se dénouant au hasard des jours. De fait, la mélancolie l'envoûta d'abord souvent en avant-midi alors qu'il était en pause-café avec une secrétaire de son étude, celle qui bavassait sans fin contre tout et rien. Elle était devenue le principal agrément dans sa vie de gratte-papier. Roxane Tremblay discourait de but en blanc, passant du coq à l'âne. Son bavardage était si étourdissant qu'à ce niveau, on pouvait la qualifier de virtuose.

Cela dit, Claude Taillon appréciait Roxane pour ce babillage qui le divertissait en le rassurant sur ses silences si denses. La mièvrerie de sa secrétaire avait l'heur de la transformer en un personnage digne des téléromans brésiliens. Pourtant, Roxane n'était pas sotte ; elle aurait pu devenir avocate si elle avait voulu. Mais la hausse des frais de scolarité en avait découragé plus d'un, plus d'une, dont elle. Roxane avait fait techniques de bureautique dans un cégep public plutôt que de devenir bachelière en droit et avocate, membre du Barreau. Elle savait faire des recherches poussées et assistait Me Taillon avec efficacité dans la préparation de ses documents. C'était suffisant. Mais voilà, cet avant-midi-là, elle pérorait sans fin. C'est alors que, soudainement, le manège de sa secrétaire l'accabla.

— Maître Taillon, vous savez pas quoi...

— Ah?...

— ... et puis, c'est pas tout...

— Ah!

— ... Non, mais ce que je vous ai pas dit, c'est que...

— Tsss!

— ... alors, en passant, j'aime mieux que vous le sachiez que Joey Chicoine a dit...

— Pff!

Un midi, Claude Taillon se lassa d'elle, de son Facebook, de son compte Twitter et des derniers jugements vilipendés par ses chroniqueurs judiciaires à gogo dont l'ineffable Joey Chicoine était le plus exposé. Vieux commentateur, autodidacte patenté, Chicoine tranchait les cas les plus difficiles alors qu'il était en ondes à Radio-Québécois. Or, cet après-midi-là, complètement submergé par la vague noire lessivant le peu d'enthousiasme qui lui restait, Claude Taillon planta Roxane au trente-sixième étage, prétextant aller fumer une cigarette.

—... mais, Maître, vous ne fumez plus depuis dix ans!

Après avoir emprunté deux ascenseurs pour monter au sommet de l'immeuble et redescendu en vrille tous les étages, Claude Taillon dut encore serpenter le long d'échafaudages pour aboutir sur les trottoirs dont on reconstruisait le tablier pour la deuxième fois en autant d'années. Il pensa alors que résider à Montréal, c'était vivre à demeure sur un chantier et vaquer çà et là, entre les ouvriers, les cônes orange fluo, les drapeaux de signalisation et faire mille détours avant d'arriver à destination. Une fois en bas, essoufflé par sa course, Claude Taillon se surprit à éclater de rire. Peine perdue, il refit le chemin inverse, ravi de son expérimentation, comme quoi briser la routine était le meilleur des remèdes à tout ennui qui puisse accabler qui que ce soit. N'importe quel kinésithérapeute lui aurait parlé des endorphines qu'il avait libérées lors de cet effort physique, mais voilà, de kinési, Me Taillon n'en connaissait pas.

De jour en jour, l'humeur de Claude Taillon continuait à péricliter. Il était chaque jour plus affligé à force de tristesses qu'il cherchait à contrebalancer par autant de fuites vers le chaos des rues. C'est à la mi-avril que la dépression s'insinua froidement dans son cerveau. Dès lors, la rengaine *mourir pour en finir* lui revint en boucles à l'instar des mauvaises nouvelles toujours recommencées au canal de la désinformation continue. Étonnamment, Claude continuait à travailler. Il croyait qu'à force de persévérance, il parviendrait à surmonter ses états d'âme.

Un après-midi, il était en train de terminer un contrat de mariage homosexuel ; l'écriture d'une clause délicate le tracassait sur le plan éthique en ce qu'elle concernait le fait de bénéficier des services d'une mère porteuse au cas où les délais d'adoption seraient disproportionnés. Comment traiter cet aspect non balisé par l'appareil législatif officiel alors que dans certains pays, on pratiquait la chose ouvertement? Il trouvait risqué de produire pareille clause dans les circonstances. Cela dit, il fallait néanmoins éviter de perdre deux clients aussi fortunés. C'est au faîte de l'écartèlement entre le juridique et le vénal que Claude Taillon sentit l'oiseau du malheur se déloger de son cœur. Soudain, au plus fort des turpitudes, il entendit son cellulaire sonner. Il le laissa vrombir au fond de sa poche, puissamment anesthésié par le maelström du désenchantement. Alors Roxane cogna à sa porte, au paroxysme de l'excitation...

— Me Taillon! Me Taillon! C'est Joey Chicoine sur la 1! Vite! Vite!

— Qu'est-ce...

— C'est au sujet des taux hypothécaires! À votre place, j'y répondrais. Vous êtes en ondes! Z'êtes le seul conseiller juridique qu'il respecte encore à Montréal... Vite, sur la 1!

Alors, lentement, émergeant de sa sinistre rêverie, Claude Taillon décrocha le combiné téléphonique, appuya sur le bouton et accueillit le célébrissime animateur radio d'un «Bonjour...» sans allant et d'une rare morosité. Pourtant, sa voix résonna sur les ondes comme s'il avait incarné Fortuna, la déesse romaine de la justice. Sans trop savoir pourquoi, il lança tout de go un puissant *Dura lex sed lex* qui mit Joey Chicoine sur la défensive. Tout Montréal retint son souffle pour entendre la suite. Les interviews intempestives de Joey Chicoine exprimaient le désaveu de la population envers ses élites. D'ailleurs, si les publicités se vendaient à prix d'or durant ses heures d'écoute, c'est qu'on aimait haïr les doctes à qui Chicoine passait un énergique savon.

— Maître Taillon, voulez-vous ben m'dire pourquoi la Banque du Canada a descendu d'un cran son taux d'intérêt? C'est-y à cause de la guerre du pétrole en Afrique, des problèmes économiques de la Grèce ou ben du dernier accident nucléaire au Japon? Avez-vous une idée, vous qui avez ben étudié à l'université?

— Rebonjour! Monsieur Chicoine... répondit l'homme de robe avec majesté.

Claude Taillon s'élança dans une explication biscornue faisant état des liens probables entre les risques de prêt, les taux usuraires sévissant à une certaine époque et la situation géopolitique européenne ayant périclité depuis l'effondrement de la Grèce, du Portugal et de l'Italie. Il garda ses réserves «quant aux dernières catastrophes naturelles auxquelles les accidents environnementaux ajoutaient en termes de risque», car le nucléaire restait un sujet explosif. Ensuite, Me Taillon raccrocha – sans tambour, ni trompettes. Sur ce, un grand silence frappa Montréal, un silence apaisant engendré par la voix du spécialiste des Lois. Me Taillon avait parlé. Monsieur et madame Tout le Monde savaient qu'il y avait encore quelqu'un quelque part qui arrivait à surmonter le chaos. Tout n'était pas perdu; oui, il y avait de l'espoir. L'émission de Joey Chicoine se termina dans la décharge épouvantable du bonhomme, une envolée ponctuée d'épithètes outrageantes. La ville de tout un chacun exultait, jouissait et en redemandait sans cesse dans ce retour du refoulé qui défoulait enfin dans un orgasme de grossièretés alliant l'opprobre du meilleur à la sanctification du pire.

Le lendemain, Mᵉ Taillon reçut une augmentation de salaire, un bonus supplémentaire ajouté à ses nouveaux émoluments et un chèque en blanc dans une enveloppe brune. Homme intègre, Claude Taillon garda la tête froide et alla chez un armurier de la Petite Italie où il avait ses entrées. Il s'y acheta un pistolet dernier modèle de fabrication suisse. Et ce matin-là, dès l'aube, quand l'aura de la dépression se fit sentir, il se leva et inséra une à une les balles dans le barillet de sa nouvelle arme. Puis, entièrement nu, du fond du salon de son chic condo, il tira, et fit éclater une fenêtre, puis deux. Le fracas de verre volant en éclat lui fit grand bien. L'air neuf du printemps s'engouffra dans la pièce avec ses relents d'ozone, de neige fondue, odeurs habituelles auxquelles s'ajouta un indéfinissable relent de petite pourriture déliquescente... Instantanément, la voix du malheur se tut. L'adrénaline reprit ses droits. Respirant avec force devant la fenêtre fracassée, Claude Taillon éternua à répétition, en proie à une énième crise d'allergies. Le printemps bourgeonnant multipliait les spores passant d'arbres en feuilles. Il alla chercher ses cachets. En vain. La boîte était vide. Il prit une douche, se vêtit. Et c'est toujours en se mouchant qu'il pensa aller à la pharmacie. Une fois dehors, entre deux reniflements, il eut la surprise d'avoir à franchir un cordon de sécurité. Il était tellement incommodé par les allergènes qu'il ne voyait les choses qu'à moitié et passa outre tout ce cirque en éternuant mille fois, une boîte de papiers mouchoirs à la main.

Évidemment, après avoir entendu les coups de feu, les voisins avaient alerté les pompiers, puis les services ambulanciers avaient suivi ; ensuite, deux autos patrouilles étaient arrivées en trombe, toutes sirènes allumées, traquées par les fourgonnettes des médias et l'hélicoptère du ministère des Transports dépêché pour savoir ce qui bloquait la vue.

Plus tard, la magistrature s'empara de l'affaire ; on avait tiré sur la baie vitrée de la résidence privée d'un magistrat, membre de leur confrérie de surcroît, ce qui était non seulement illégal, illégitime, mais, en soi, inadmissible. Dans les jours qui suivirent, un conciliabule de clercs soumit un projet de loi à la Chambre des communes pour pénaliser d'une manière plus sévère quiconque attenterait à la vie d'un juriste canadien. Nouvellement réélu, le gouvernement de droite prit la chose au sérieux. Le Sénat donna suite au feuilleton et on amenda le Code criminel.

Quant à Claude Taillon, après une visite chez le médecin qui dura plus longtemps qu'il n'aurait cru, il dut passer une batterie de tests, subir des prélèvements divers, etc. On le garda en observation dans le corridor d'un grand hôpital montréalais. Le jeune interne affecté à son chevet découvrit qu'il était allergique à une composante de ses antihistaminiques habituels. Il lui expliqua que cette molécule avait pour principal effet secondaire de causer la dépression, voire de pousser au suicide. Claude Taillon tomba des nues. Symboliquement, fort heureusement.

Quand notre notaire rentra chez lui, écœuré par l'état du monde et la vacuité d'une vie sans intérêt, il reprit son arme. Au moment de se tirer une balle là où l'on pense, quelque chose l'arrêta. Un nouveau sentiment diffus l'envahit. Il pensa que c'était encore le résultat de quelque produit chimique sur son humeur. Le mois de juin commençait. Il suivit une nouvelle impulsion, celle de partir en voyage. Il se tuerait plus tard. Il ne savait pas quand. Et il fit ses bagages et leva le camp. On ne le revit plus de l'été.

Quand Claude Taillon revint au travail, fin août, il fit installer un filtre à air dans son bureau et se fit désensibiliser en consultant un allergologue. Au fil des mois, il recommença à vivre. Roxane Tremblay qui, entre-temps, avait changé de parfum, ne s'en remit pas. Elle donna sa démission. Il y a de ces gens qui ne supportent rien, même pas le bonheur des autres.

Le déni

Il est deux choses des plus émouvantes dans la vie : la laideur qui se sait, et la beauté qui s'ignore.

OSCAR WILDE

SI JE ME SOUVIENS BIEN, c'est en 2005 que, pour la première fois, Éva nous invita chez elle, Denis et moi. Il s'agissait d'une dégustation de vins et de fromages. Le carton mentionnait «Pour l'heure bleue, tenue de ville exigée». Je portais mes perles sur une petite robe noire et Denis un complet ivoire sur une chemise crème. Nous étions en août, il faisait beau et les cigales chantaient. Éva habitait une rue ornée de vieux ormes touffus, non loin d'un grand parc avec pataugeuse où s'ébrouaient les enfants du quartier. Elle logeait dans un condo chic et de bon goût, mais sans âme, un peu à son image et à sa ressemblance. Plusieurs amis défilèrent nonchalamment, un verre à la main. On aurait dit un *lounge* privé sur fond de jazz où les notes s'emmêlaient suivant la présentation de bouteilles millésimées servies par un maître d'hôtel engagé pour l'occasion. Les convives allaient, bavardant agréablement, tout en savourant un camembert à point sur un toast croustillant. On se demandait combien la fête avait coûté tant il y avait de grands crus sur les tables, sans parler du service des garçons en livrée de toile blanche à galons dorés qui officiaient. Il y avait quelque chose de démesuré dans cette réception qui avait l'air d'un mariage, sans mariés ni célébrant.

Éva était une amie de Denis. Il m'avait dit l'avoir connue à l'époque où il faisait son baccalauréat. Elle était plus vieille que lui, car elle avait déjà fait un autre baccalauréat, en histoire de l'art, avant de changer d'orientation et de se lancer dans la gestion. Après notre mariage, ils s'étaient revus un peu par hasard, au centre-ville, dans le cadre de leurs fonctions respectives : Denis était déjà adjoint à la direction des ressources humaines ; quant à Éva, elle poireautait dans un job de technicienne comptable. À trente ans passés, on ne lui connaissait aucun conjoint, que des flammes qu'elle laissait s'éteindre au fil de ses étreintes. Éva était une belle femme et entretenait le mieux possible ses appâts. L'esthéticienne devait lui coûter une fortune puisque les soins qu'elle s'offrait la conservaient de manière exceptionnelle. De fait, contrairement à tout le monde, Éva ne paraissait pas vieillir. Une peau pareille ne relève pas du hasard ; c'est une chance, voire une destinée.

Alors que Denis grimpait un à un les échelons dans l'entreprise, Éva stagnait dans son petit poste de technicienne ; un beau jour, elle voulut savoir comment Denis avait fait pour monter dans la hiérarchie. Denis est gentil, c'est pourquoi je l'aime autant, alors il s'est fait un plaisir de lui filer des conseils. À l'époque, je n'ai pas fait attention ; je venais d'accoucher de notre premier enfant, et j'étais tout aux soins à lui porter. Je disais à Denis : « Mais oui, aide-la, ton amie Éva ! Le soleil luit pour tout le monde. Il faut qu'elle avance, elle aussi… » Mais Éva n'avançait pas ; bien au contraire, toute sa vie déclinait. Tout le monde se demandait pourquoi ; or tout le monde, sauf moi, savait. Éva buvait.

De fait, Éva camouflait son alcoolisme en solitaire en multipliant les soirées « entre amis », des gens qui savaient et qui fermaient les yeux. Mais voilà qu'au fil des mois, Éva comptait de moins en moins de personnes condescendantes qui acceptaient de jouer le jeu. La capacité d'affecter l'émotion attendue n'est pas donnée à tout le monde. Renvoyer l'image de la femme raffinée qu'Éva désirait incarner s'avérait parfois ardu ; surtout quand elle libérait sa colère. Dès lors, à chacune de ses soirées, on finissait invariablement par voir apparaître la bête derrière l'ange. Un verre de trop venait briser le fragile équilibre de la soirée, la magie du moment. Éva se mettait à disputer, gronder, chicaner, pester contre les uns et railler les autres, se mettant les gens à dos. Au départ, je ne comprenais pas ; j'ai mis du temps à voir s'opérer la transformation de notre hôtesse en personne fort disgracieuse à force d'incivilités. Pour tout dire, Éva devint un monstre odieux.

La belle Éva et son double constituaient les deux visages d'une même personne. Il y a bien cette histoire de Dr Jekyll et de Mr Hyde que j'ai lue, jadis, quand j'étais ado. Mais il s'agissait là d'un trouble de la personnalité causé par une substance étrange. Alors qu'ici, la réalité, plus prosaïque, nous amena à constater le plus simplement du monde qu'Éva buvait et que c'était l'alcool qui entraînait l'émergence de la chipie devant la belle inconsolée. Au départ, entre nous, Denis et moi, nous l'appelions la «Boit-sans-soif» qui, plus tard, devint la «Boisson, soit!»; puis, finalement, dans un élan d'effervescence, Denis réduisit le sobriquet à un joli «Miss Drink» qui lui allait à ravir. Pour ma part, je la plaignais de tout mon cœur, et je la plains toujours. C'est une femme qui n'a peut-être jamais aimé, qui n'a pas eu d'enfant et qui n'a probablement pas été assez aimée en retour... bien que la situation ait changé. Ce n'est que justice, en somme. Mais, au fond, comment savoir?

*

J'ai toujours pensé que les femmes qui n'avaient pas eu d'enfant cherchaient à compenser cette lacune en s'investissant beaucoup dans leur carrière professionnelle. Sur ce plan, personnellement, j'ai eu beaucoup de chance. Après mes études universitaires, j'ai décroché un poste enviable de cadre dans une importante firme de communications. À vrai dire, j'ai commencé au sommet de l'échelle. Je le vois bien, aujourd'hui. Alors quand j'ai conçu notre premier fils, j'ai tout laissé tomber sans regretter un seul instant ce geste qui, aujourd'hui, m'apparaît peut-être un peu irréfléchi. J'étais jeune et si confiante en l'avenir! L'année suivante, j'ai dit à Denis qu'il fallait donner un petit frère à notre fils. Alors, nous avons conçu notre second enfant; au faîte de la plénitude, j'accouchai d'une belle petite fille. Un fils et une fille en si peu de temps, en parfaite santé de surcroît, et voilà, nous étions comblés.

Puis, à la mi-décembre, Denis m'a appris qu'Éva était seule pour passer Noël; alors, j'ai dit à Denis de l'inviter à se joindre à nous. J'ai pensé que le fait de côtoyer nos enfants lui ferait plaisir. Mais Éva ne s'intéressait pas beaucoup à eux. Elle écoutait de la musique sur son iPod et sifflait les flûtes de champagne. Je la voyais se morfondre et j'ai dit à Denis qu'elle était si malheureuse qu'il fallait faire quelque chose pour elle. Denis s'est levé et l'a invitée à danser dans le salon pour qu'elle se sente moins seule. Puis, elle a vidé la dernière bouteille de Veuve Clicquot et, sur le coup de minuit, a roulé sous le sapin pendant que j'étais en train de coucher les enfants. Quand je suis revenue, Denis essayait de la relever. Éva, si jolie, si tendre et si mélancolique, n'était plus qu'un corps emmêlé dans les rubans, les confettis et autres cheveux d'ange, au bord du coma éthylique. J'ai pensé appeler l'ambulance, car on ne savait trop quel était son état réel. Denis l'a prise dans ses bras pour la coucher sur le sofa du salon. J'ai pensé qu'il était mieux pour elle de dormir dans un vrai lit. Alors Denis a été la porter dans notre chambre. Quant à nous, nous avons ouvert le divan-lit dans le salon pour y passer la nuit. Avant de s'endormir, Denis m'a dit qu'Éva irait mieux demain, qu'elle se remettrait après une bonne nuit de sommeil. Et c'est ce qui s'est passé. Il la connaissait mieux que moi, au fond.

Le lendemain matin, Éva, affligée d'un mal de bloc, se confondit en excuses tout au long du déjeuner. Denis a offert d'aller la reconduire et je l'ai pressée d'accepter tant elle semblait souffrir. J'ai dit à Denis de prendre la voiture d'Éva et de revenir en taxi pendant que je rangeais l'appartement. Il est revenu plus tard dans la journée. Nous avons passé quelques Noëls de la sorte sans trop comprendre le mécanisme qui faisait en sorte qu'Éva répétait toujours son manège, année après année. Pour certaines personnes, l'alcool est vraiment un poison, une engeance, voire même un envoûtement qu'elles n'arrivent pas à surmonter. C'est d'une grande tristesse.

Évidemment, un soir, Éva insista pour conduire son auto peu importe l'état dans lequel elle était, tant et si bien que ce qui devait arriver arriva. Un policier la somma de s'arrêter, ce qu'elle fit de mauvaise grâce et, au lieu de souffler dans l'éthylomètre, elle cracha dedans, ce qui bloqua l'appareil. Emmenée au poste, Éva eut droit à un appel téléphonique et c'est Denis qu'elle appela. C'est moi qui répondis. Elle bredouilla quelques mots. Ensuite, le policier de service m'a expliqué qu'elle avait fait une scène épouvantable et qu'on avait dû la coffrer pour la nuit, le temps qu'elle dégrise. Alors, j'ai expliqué à Denis la situation. Je lui ai dit qu'il fallait la sortir de là. Denis lui a trouvé un avocat, il est allé la chercher au poste pour la ramener à la maison après avoir payé sa caution de quelques milliers de dollars. Pendant que je lui servais du café, je lui disais : «Éva, il faut que tu cesses de boire. Éva, il faut arrêter. La sobriété a bien meilleur goût, Éva, y as-tu déjà pensé?» Mais Éva répondait que non, elle n'était pas alcoolique. Je lui disais «Éva, tu pratiques le déni. Il faut reconnaître ta dépendance à l'alcool. » Faisant la sourde oreille, Éva regardait ailleurs et jouait avec ses bagues en reniflant et refoulant ses larmes. Alors j'ai dit à Denis d'essayer de la convaincre. Et il a réussi. La semaine suivante, nous sommes allés la reconduire dans un centre de désintoxication pour femmes. Le séjour durait six semaines et, avec d'autres personnes atteintes de la même faiblesse, Éva allait être prise en charge par une intervenante en toxicomanie, une travailleuse sociale et une psychologue qualifiée en la matière. En revenant, soulagée, j'ai dit à Denis qu'Éva était entre bonnes mains et qu'on pouvait dormir sur nos deux oreilles, enfin.

*

Puis les mois et les années ont passé. La vie a repris son cours comme de raison. Comme nous étions un peu serrés dans le logement où nous vivions, Denis a acheté une maison de ville, en banlieue. Bien sûr, il a fallu que je peinture et qu'on s'installe avec tout ce que cela comporte en terme de meubles, de draperies et ce qui concerne la vie domestique. Alors, j'ai retroussé mes manches pour me lancer dans mon nouveau rôle de femme au foyer. Ma mère et une de mes sœurs arrivaient parfois pour me donner un coup de main. Même mon père y a mis du sien en venant réparer la toiture qui coulait. Au bout de l'année, je puis dire que j'avais accompli ma mission.

Cette demeure avait tout du confort moderne et de l'écrin douillet ; dans la serre attenante, j'ai fait pousser des fleurs à l'année et, derrière, j'ai bêché un petit jardin d'été où j'ai pu récolter carottes, tomates, laitues, concombres et fines herbes. Il y avait bien un ou deux lapins qui venaient voler des légumes, mais qu'importe! Denis était maintenant vice-président des ressources humaines; notre fils allait faire son entrée au secondaire dans un grand collège privé; quant à notre cadette, elle terminait son primaire. Pour ma part, je pensais retourner sur le marché du travail, d'abord à temps partiel. Mais je n'avais pas vu le temps passer; partout où j'allais porter mon curriculum vitae, on exigeait des cours de mise à niveau, exigence à laquelle je dus me plier quelques semaines durant. Encore un peu étourdie par les nouvelles tâches à accomplir, j'ai finalement accepté un poste de commis comptable pour un grand magasin dans un centre commercial non loin la maison. Il est certain que je n'avais plus beaucoup de temps à consacrer aux amis de Denis. Tout compte fait, je ne savais pas... je n'ai jamais su qu'ils avaient continué à se voir tout ce temps, Éva et lui.

*

Il a bien fallu s'expliquer quand je les ai surpris dans notre chambre à coucher. J'ai attendu qu'ils se rhabillent l'un et l'autre. Il faut quand même respecter un minimum de convenances, même dans les situations les plus difficiles. J'ai compris cet après-midi-là qu'Éva avait enfin trouvé quelqu'un. J'étais animée par un fort sentiment de déception, mais Éva avait un tel besoin d'amour que c'est d'un commun accord que Denis et moi avons divorcé dans les mois qui suivirent.

Les enfants n'ont pas accepté la situation tout de suite. Le fait que je retourne vivre en ville dans un petit appartement semble les avoir choqués. Mon fils et ma fille font parfois des misères à Éva qui, pourtant, finira bien par s'épanouir dans cette famille qu'elle n'a jamais eue et qui lui permettra assurément d'atteindre un équilibre qui jusque-là lui faisait défaut. L'alcoolisme est un fléau que la société juge avec sévérité. Chacun n'a-t-il pas droit à sa propre chance?

Quant à moi, je vais continuer ma vie avec l'idée d'avoir permis à une personne, si malheureuse au demeurant, de trouver enfin le bonheur. Il n'y a rien de plus important au monde que d'aider les autres.

Les fondements

*Je n'ai jamais voyagé vers autre pays que
toi mon pays...*

GASTON MIRON

APRÈS AVOIR PARCOURU tout le chemin de
Compostelle, Alfred était enfin arrivé au terme
du Camino francès. En deux mois, il avait franchi
près de deux mille kilomètres à pied, une folie pour
un type comme lui. De la mi-mars à la mi-mai, il avait
traversé le Massif central, les Pyrénées et escaladé le
mont Cebreiro, sac au dos, qu'il pleuve, qu'il neige,
qu'il grêle. Deux mois, beau temps, mauvais temps,
à chercher les coquilles peintes sur les rochers le
long du fameux chemin, à se tromper, rebrousser
chemin, se retrouver, fraterniser en anglais, en espagnol et en français. Mais, pour Alfred, il s'agissait
surtout d'une soixantaine de jours de cheminement
en solitaire, la plupart du temps. Marchant avec un
certain allant, il n'avait trouvé personne capable
de le suivre dans sa foulée. Alfred était grand, son
pas, long; il avait donc passé toutes ces journées à
deviser avec lui-même, défiant le célèbre mot de

Paul Valéry selon lequel «un homme seul est toujours en mauvaise compagnie»...

Ce midi-là, Santiago de Compostela s'étalait à
ses pieds, avec ses quarante-six églises, cent quatorze clochers et deux cent quatre-vingt-huit autels,
grisonnant sous une bruine froide dont il se serait
bien passé. Persévérant, Alfred suivit les flèches
jaunes à demi effacées sur la chaussée détrempée.
Depuis qu'il avait franchi la frontière et traversé le
Pays basque, pour signaler le chemin au marcheur
qui pérégrinait, la flèche jaune avait remplacé la
coquille Saint-Jacques.

*

Comme la plupart des randonneurs, Alfred n'avait
pas marché tous ces kilomètres pour plaire à Dieu.
La foi, s'il ne l'avait jamais eue, il l'avait assurément
perdue. Il avait emprunté ce chemin de grande randonnée, dit «Gr 65» en France, sachant qu'il s'agissait
là d'une route plutôt sécuritaire parce que fort acha-
landée. Il s'était lancé dans ce périple pour changer
le mal de place. En réalité, il voulait surtout faire
autre chose que passer sa vie à noircir du papier.
Alfred s'ennuyait terriblement dans son bureau au
centre-ville; il faisait de la rédaction administrative,
meublant de propos de cuisine les circulaires d'une
grande chaîne d'alimentation.

Un soir de désœuvrement, il avait assisté à la
présentation d'un type qui avait pérégriné sur la via
Podiensis et qui disait en avoir retiré on ne sait trop
quoi d'ineffable tant il peinait à trouver ses mots.

Par contre, les photos en disaient davantage; elles étaient splendides et fort évocatrices. On y voyait des villages anciens, remontant à la période médiévale, des églises de facture diverse, tantôt baroques, tantôt gothiques et tantôt romanes. Alfred songea qu'il y avait sûrement quelque chose de très fort sur ce chemin pour que les gens aillent y marcher jour après jour, depuis toutes ces années. Soudain, une réminiscence le frappa de plein fouet! N'était-elle pas le fait de ce grand poète que fut Rimbaud? Le souvenir confus se précisa au fur et à mesure qu'Alfred songeait à ce rêveur aux semelles de vent... Rimbaud n'avait-il pas déjà cherché à «tenir le pas gagné» dans une autre vie... était-ce à la toute fin de ses fameuses *Illuminations*? Non. Alfred finit par se souvenir de l'extrait avec exactitude : «Point de cantiques : tenir le pas gagné. Dure nuit!»; c'était tiré d'*Une saison en enfer*. Le poète génial avait subi l'empire des démons, mais avait su en triompher. Avant de devenir marchand d'armes, il est vrai. Mais qu'importe!

Alfred avait longuement mûri sa décision puis avait déposé sa demande de congé en prétextant l'épuisement professionnel. Ce qui n'était pas faux. Un médecin compatissant l'attestait sur un papier dont le coût était appréciable, papier auquel une prescription était liée et ainsi de suite. Le patron de la grande chaîne le laissa partir pour engager un jeune loup qui, à son tour, allait dépoussiérer les «assis». Alfred sourit quand il entendit le mot dont le deuxième sens semblait échapper au nouveau venu. Il acheta une jolie carte où, de sa belle main, il lui souhaita bonne chance. Il ne put s'empêcher d'ajouter un «Oh! ne les faites pas lever! C'est le naufrage...», puis il se leva et sortit en sifflant.

*

C'est ainsi que, par un beau matin de mars, Alfred partit vers le printemps, tout de suite après les vacances d'hiver. Il expliqua la situation à sa conjointe Margot qui trouva l'expérience absolument excitante. Cependant, elle ne pouvait l'accompagner ayant mille choses à achever, des contrats, des piges, etc. Si Alfred comptait de longues années de travail régulier dans une chaîne d'alimentation, pour sa part, Margot tâchait de consolider la précarité de son statut à titre de chargée de cours dans un collège privé. «C'est à prendre ou à laisser partir...» fit Alfred du bout des lèvres. Margot laissa donc Alfred partir en lui faisant promettre de lui envoyer un courriel de temps à autre durant sa randonnée de plusieurs semaines. Alfred promit et alla s'équiper de tous les vêtements qu'il fallait pour réaliser son périple. Vint le moment crucial de l'achat du billet d'avion. Il prit un aller simple et en garda le secret. Une fois à la maison, Margot lui annonça qu'elle le rejoindrait à la fin de la session et qu'ils pourraient découvrir l'Espagne ensemble, bref qu'elle allait arranger tout ça par internet. Il lui sourit sans mot dire, enfila ses chaussures de marche toutes neuves et sortit, prétextant la nécessité de s'entraîner.

Alfred marcha partout dans Montréal, arpenta les avenues jusqu'au mont Royal, de là redescendit jusqu'au centre-ville, monta à Outremont puis s'arrêta casser la croûte dans un café du Mile End. Attifé tel un skieur de fond, il avait troqué sa morgue de rédacteur pour la bouille du montagnard. La marche fut une révélation. Du jour au lendemain, Alfred développa un souffle qu'il n'avait jamais eu ; il avançait, se déplaçait du nord au sud, se dirigeant à l'aide d'une boussole pour cheminer, déambuler et parfois même errer. Il lui arrivait de se promener, progressant de parc en parc, au beau milieu des flâneurs. Parfois, il se mettait à vagabonder entre les joggeurs qui trottinaient sur les sentiers enneigés. Parfois encore, Alfred clopinait, sautillant à cloche-pied en descendant les pentes glacées.

Finalement, le matin du grand départ arriva. Le temps était au beau fixe. Margot alla le conduire à l'aéroport et le laissa en plan parmi les voyageurs bardés de valise.

Alfred qui avait peu bourlingué trouva le comptoir de l'agence de voyages, fit valider son billet, plastifier son sac, empaqueter ses bâtons de marche en fibre de verre et passa du côté dont on ne revient pas une fois la carte d'embarquement tamponnée. L'aire des boutiques hors taxes lui plut moins que l'appellation *duty free* qu'il traduisit habilement par *libéré du devoir*. Il alla s'asseoir non loin du comptoir, attenant à l'affiche électronique indiquant son vol pour Paris, la tête pleine d'aspirations idéales entremêlées de trajets afin d'endiguer la sourde angoisse qui le minait. Alfred avait réussi à s'arracher à tout ce qui faisait de lui une personne bien intégrée dans sa communauté. Il se demanda soudain ce qui pouvait advenir de lui dorénavant. Il n'avait jamais pensé à cela.

Six heures plus tard, il se retrouva à l'aéroport Charles-de-Gaulle ; de là, il prit un TGV pour Lyon où un autre train, moins rapide, l'emmena à Saint-Étienne, d'où un petit train, encore plus lent, l'emmena dans un village à l'architecture médiévale incomparable appelé Le Puy-en-Velay. Il se fit conduire au prieuré Marie-Reine où une vieille sœur ouvrit le judas de la porte cochère avant de lui offrir l'hospitalité pour la nuit en sa qualité de pèlerin. Alfred montra patte blanche et tendit son *credencial*, sorte de passeport attestant son appartenance à l'Église catholique, qu'elle tamponna minutieusement du sceau du monastère. Ensuite, une autre nonne, plus petite et plus vieille que l'autre, lui montra sa chambre et le conduisit au réfectoire pour lui offrir une soupe aux fameuses lentilles vertes du pays. Ce qui eut pour effet de le rasséréner. Après avoir avalé tout son bol avec du pain bis, Alfred, mort de fatigue, monta se coucher dans sa chambrette. Le lendemain matin : petit-déjeuner de céréales et de café au lait.

Alfred suivit deux autres pèlerins qui allèrent prier une vierge noire à la cathédrale où ils se firent bénir par un prêtre embusqué dans un confessionnal. À l'instar des autres marcheurs, Alfred monta une longue côte les menant aux champs où le fameux chemin se déployait pour les conduire de villages en villes, posant leurs pas dans ceux de milliers de pèlerins les ayant précédés depuis des temps immémoriaux. Et, pour la première fois, Alfred pleura. Il était si loin des siens, si seul, si déstabilisé d'aller sans savoir s'il trouverait un logis le soir venu...

Les fondements

Au milieu du chemin de notre vie,
je me retrouvai par une forêt obscure,
car la voie droite était perdue.
DANTE, *L'Enfer*

La première nuit, il trouva refuge à Saint-Privat-d'Allier, dans un gîte communal, se fit des pâtes, ouvrit une boîte de thon et dormit comme une brute dans les alpages. Dans les jours qui suivirent, alors que la neige et la tourmente menaçaient aux abords de l'Aubrac, Alfred monta vers Monistrol-sur-Loire pour ensuite descendre vers Saint-Alban sur Limagnole. Habitué aux grands froids et aux tempêtes de neige, le Québécois descendait en glissant à flanc de montagne. La veille, une ondée avait laissé çà et là des trombes d'eau faisant déraper le marcheur dans une étrange gadoue composée de neige emmêlée de glaise et de roches. Alfred apprit à se servir de ses bâtons de marche pour mieux garder son équilibre fragilisé par les kilos de vêtements et de nourriture qui logeaient dans son sac à dos. Après cette étape éprouvante, Alfred se sentit plus fort et, au fil des jours, il enchaîna les étapes pour découvrir Conques, Figeac, Cahors et Moissac. Puis il s'habitua à marcher autant, souvent fin seul, parfois avec d'autres, parlant peu, toujours attentif. Il s'habitua surtout à ne plus penser ni même à écrire sinon pour prendre en note le kilométrage réalisé afin de situer sa progression sur une carte menant à Saint-Jean-Pied-de-Port, là où tous les chemins, ceux de Vézelay, de Tour et d'Arles, se rejoignent en un seul pour passer les Pyrénées. Alfred se surprit à chanter les chansons naïves de son enfance, dont *Le p'tit bonheur* de Félix Leclerc au rythme primesautier.

Avant d'arriver à Saint-Jean-Pied-de-Port, petite ville fortifiée, Alfred s'arrêta pour prendre une photo : un malin avait débusqué un écriteau indiquant un «passage canadien». Puis, il continua son chemin en pouffant de rire jusqu'au gîte communal où des dizaines de randonneurs, déjà arrivés, se préparaient à partir le lendemain matin. Il y rencontra Edgar qui cherchait un passage pour se rendre à Lourdes afin de régler une affaire avec la Vierge Marie ; Winfred, un Allemand amateur de grand air, aux mollets saillants ; Carole et Thérèse, deux randonneuses bretonnes dans la soixantaine qui voulaient se rendre à Burgos voir la tombe du Cid ; et Samuel, un Hollandais qui parlait toutes les langues, les traduisait toutes aussi, cherchant à ce que tout un chacun soit à l'aise. Alfred s'étonnait de se retrouver en territoire cosmopolite. Cela lui rappela combien le Québec était isolé en Amérique, combien la barrière de la langue l'avait appauvri au fil des ans.

Après une bonne nuit de sommeil parmi d'authentiques ronfleurs, comptant d'ores et déjà plus de sept cent cinquante kilomètres, Alfred entama le Camino francès avec enthousiasme. Comme les autres, il passa la journée à gravir les Pyrénées où il rencontra une foule de randonneurs provenant de tous les pays. Parmi ceux-ci, une Portugaise qui ne parlait que trois mots d'espagnol, un Parisien marchant cellulaire à la main afin de surveiller ses placements boursiers, quatre Finlandaises dont il ne comprit pas un traître mot et plusieurs anonymes qui marchaient eux aussi, du jeune exalté Britannique au vieil Espagnol roublard, en passant par un soucieux Coréen du Sud armé de son GPS et une ethnologue Américaine luttant contre une dépendance qui la rongeait et la faisait boire jusqu'à l'éthylisme à chaque étape. Alfred escalada des monts, enjamba des vallées, roula sur des cailloux, dormit dans les *albergues* catholiques de Pampelune, Logroño et Burgos. Comme tout le monde, il eut parfois mal aux pieds, parfois au dos, fut même courbaturé en période de grande humidité, particulièrement quand il traversa la foire paysanne de Belorado où l'on tuait les poules à mains nues dans la clameur d'un encan de bestiaux à ciel ouvert. Il reprit du mieux à Portomarín où il se paya l'hôtel et une chambre avec vue et bain. Il fit le compte de l'argent qui lui restait, évalua le nombre d'étapes qu'il devait réaliser et envisagea la suite avec plaisir. Après avoir marché plus de quarante jours, voilà qu'Alfred approchait du but.

*

Ce soir-là, Alfred prit son calepin et se remémora deux ou trois temps forts. Il écrivit quelques mots, les premiers depuis le début de son aventure. Il avait d'abord fraternisé avec deux Allemands luthériens, pris ensuite une bière avec le Néerlandais polyglotte et sifflé quelques ballons de rouge avec un groupe de Marseillais qui ne pipaient pas un mot d'espagnol. Cette étonnante équipée chantait et râlait sans fin, enfournant de savoureux pâtés qu'ils avaient confectionnés avant de partir. Bourrée de denrées détonnant par rapport à l'ordinaire (gâteaux des anges, champagne et sandwiches garnis de prosciutto, fromage frais et ciboulette du pays, etc.), une voiture, conduite par un retraité qui traînait de la patte, les suivait d'étape en étape. Durant une semaine, chaque soir, il les avait vus faire bombance en célébrant leur randonnée quotidienne par quelques hoquets. Amusé, Alfred les accompagna deux ou trois jours puis, une fois rassasié, accéléra le pas de manière à les semer, ce qui fut fort aisé. Il songea alors que chacun faisait ce chemin de la même manière qu'il menait sa vie.

Le temps ayant fait son œuvre, Alfred se demanda à nouveau comment on pouvait parcourir le chemin de Compostelle en étant aussi paillard. Il ne s'expliqua le phénomène que par la frivolité, cette «légèreté de l'être» tant décrite par Milan Kundera dans un de ses romans. Alors, il en vint à penser que, même s'il avait beaucoup de défauts, il ne commettait pas cette étourderie. Étonnamment, Compostelle avait peu à voir avec le petit catéchisme, voire même avec le catholicisme du lointain Québec. Alfred comprit combien il était pétri de sérieux. Il avait fallu plus de mille kilomètres à pied pour le saisir. Par la suite, il se rendit compte qu'il avait vécu jusque-là dans une frugalité toute bénédictine. Pour Alfred, marcher autant tenait du pari, celui de relever un défi qu'il qualifiait de sportif avant toute chose. Il marchait en moyenne vingt-cinq kilomètres par jour, portait un sac de dix kilos et dépensait moins d'une vingtaine d'euros pour se nourrir et occuper, dans un gîte sommaire, un lit sur lequel il étendait son sac de couchage le soir venu. Il continua donc son chemin en s'offrant un peu plus de confort, mangeant à de meilleures tables et passant une nuitée sur deux dans une auberge plus douillette, tant et si bien qu'il arriva au terme du voyage sans trop de mal. De fait, Alfred était content de sa performance, mais il était surtout heureux d'avoir vécu aussi longtemps avec lui-même dans une paix relative, voire une certaine sérénité. Il conclut son voyage sur une petite phrase, la seule qu'il écrivit au demeurant : «Chacun porte le poids de sa propre vie.»

Rendu à Saint-Jacques, Alfred aurait bien dormi deux jours entiers tant il était fatigué, mais, comme la plupart des marcheurs, une fois entré dans la vieille partie de la ville, faisant partie de patrimoine mondial de l'UNESCO, une fois devant l'immense cathédrale baroque, il largua bagage et bâtons pour y pénétrer et poser sa main sur les vieilles pierres sacrées. Cela fait, il resta assis des heures durant sur le banc de bois, parmi les autres marcheurs qui arrivaient au fil du temps, tout au long de la journée. Envoûté par la musique des grandes orgues, il assista au défilé des célébrants tonsurés ; il les observait incapable de bouger. Sur leur chasuble, ils portaient tous le signe des Templiers. Alfred se surprit à prendre goût à l'enchaînement des chants religieux venant ponctuer le déroulement de la messe. Après deux mois de marche par monts et par vaux, allant de gîtes communaux en petits hôtels de fortune, Alfred avait fait le compte et le décompte de sa vie pour en arriver à prendre une décision. Cette marche l'avait transformé. Pourtant, Alfred n'arrivait pas à savoir ce qui avait changé en lui tant il avait l'esprit engourdi par les chants.

Après avoir visité les villages de la France du Sud, Espalion et le fief d'Estaing dont les citoyens fleurissaient les chapelles, après avoir admiré les retables dorés des églises catholiques cadenassées de la vieille Espagne, Alfred ne voyait plus la religion du même œil. Il s'agissait d'un ensemble constituant une part de la culture à laquelle il appartenait – au sens large. Et si le retour à la civilisation passait par la contemplation de rites sacerdotaux, ces derniers eurent l'heur de le ramener à la vie en société.

Le retour au monde prit un certain temps, celui de se réinscrire dans la vie moderne, le réseautage et la futilité. À contrecœur, Alfred fouilla de longues minutes son sac à dos pour retrouver son cellulaire qu'il remit en marche. Plusieurs appels avaient été logés pour se transformer en autant de messages dans sa boîte vocale. Quant aux courriels, innombrables, Alfred n'eut pas le courage d'entreprendre leur lecture. Il remit son portable sur le mode vibration et retourna à sa méditation. Il n'était pas pressé de revenir à la vie d'avant.

Après avoir assisté à la troisième célébration de la journée, Alfred sortit de l'hypnose, se leva, salua les autres marcheurs qui arrivaient dans la cathédrale et, sac au dos, se mit en quête d'un petit hôtel où passer la nuit. Il trouva un endroit tranquille non loin de la vieille ville. Après une douche, il lava ses vêtements du jour et passa un pantalon et un chandail secs pour aller à la salle à manger se faire servir un repas digne de ce nom. Il commanda des huîtres et se régala de homard et de quelques verres de vin castillan un peu trop fruité. Une fois repu, Alfred trouva un journal, *El País,* le journal de toute l'Espagne, et commença à en déchiffrer les nouvelles. Après un mois à bricoler des phrases en espagnol, il en était venu à lire de mieux en mieux la langue de Cervantès. Soudain, il aperçut la date du quotidien : *Miércoles, 15 de mayo de 2011*. Margot ne devait-elle pas arriver à l'aéroport de la capitale le 16 ? Bon sang ! Alfred courut faire son sac, négocia l'annulation de la chambre et se fit indiquer le chemin de la gare. Il acheta le dernier billet du train de nuit menant à Madrid et passa des heures à réfléchir : de quelle manière allait-il aborder la question ? Le lendemain midi, Margot l'attendrait tout sourire avec ses valises, complètement décalée. Et, magiquement, sans qu'il sache ni comment ni pourquoi, toutes ses pensées reprirent leur ordre antérieur et tout, absolument tout, redevint comme avant.

*

De l'*Aeropuerto* de Madrid-Barajas, Alfred et Margot partirent, bras dessus, bras dessous. Ils avaient loué un appartement non loin de la Plaza Mayor. Ils prirent le métro et, rendus à la station Puerta Del Sol, ils sortirent pour faire le reste du chemin à pied. Chemin faisant, le couple croisa une manifestation de milliers de jeunes *indignados* qui contestaient l'ordre établi. Enfin, c'est ce que conclut Margot. Quant à Alfred, un peu hébété de se retrouver en pleine ville, il cherchait de l'air tant la capitale était polluée. La promiscuité, les éternels bouchons de circulation et la vie urbaine le laissèrent pantois. Non sans peine, ils contournèrent la jeunesse impétueuse et, une fois rendus à la *calle de Toledo*, trouvèrent l'immeuble où le courtier attendait, un pastis à la main. Ils réglèrent la location avec de gros billets que Margot avait changés à une *casa de cambio* en sortant du métro. Après une bonne douche, Alfred put troquer ses sempiternelles bottes de marche pour de plus confortables sandales ; pendant ce temps, Margot, crevée, s'endormit sur le divan. Dans ces conditions, Alfred décida qu'il lui parlerait plus tard. Une journée de plus ou de moins ne changerait rien à sa décision. Depuis le temps qu'il ruminait son affaire. Alfred accepta ce nouveau délai avec philosophie et se remit en attente.

Le lendemain, telle une enfant au pays des merveilles, Margot ne tenait pas en place ; elle voulait voir une corrida. Ils partirent donc à la recherche de la chose. Comme il avait appris à le faire sur le chemin, Alfred tâcha de s'informer auprès des quidams qu'il croisait quand un jeune punk madrilène les informa d'une *feria* qui aurait lieu au colisée de La Plaza de Toros. Le soir même, Margot et Alfred assistèrent au spectacle de tauromachie dans le cadre de la *Feria de San Isidro*. Ce soir-là, matadors et picadors avaient mis à mort un cheptel de bêtes d'une inestimable beauté sous les « olé ! » et les applaudissements des connaisseurs qui avaient lancé des fleurs, des chapeaux et des foulards. Complètement révulsés par leur soirée, Alfred et Margot prirent un taxi et rentrèrent illico dans leur meublé. Alfred trouvait que la corrida constituait une expérience difficile, éprouvante, violente et, somme toute, franchement épouvantable. Pour sa part, Margot, soufflée par la mise à mort de quatorze taureaux, le décorum et le rituel indéfectible du sacrifice, n'en dormit pas de la nuit et étancha son émotion en s'épanchant dans un flot de paroles dont le babillage finit par lasser Alfred qui s'endormit, habitué à somnoler dans le bruit et la lumière des dortoirs.

Le surlendemain, après quelques emplettes, le couple reconstitué visita deux ou trois églises et Alfred fit remarquer à Margot que la statue de Josemaria Escrivá de Balaguer, fondateur de l'Opus Dei, côtoyait celle de la Vierge Marie, de Jésus et des saints apôtres. Margot s'extasia devant la puissance de l'extrême droite madrilène. Décidément, pensa Alfred, plus ici qu'ailleurs, le sordide relance le sublime dans l'espace mythologique. Le soir venu, Margot ouvrit la télé pour constater un autre type de sacrifice : dans les actualités, on terminait invariablement le bulletin de nouvelles par l'annonce du meurtre, du viol ou de la mutilation d'une femme, victime de son mari, de son amant ou de son ex. Bref, l'Espagne que nos deux voyageurs percevaient était bien différente de celle, plus raffinée mais aussi violente, d'un Pedro Almodóvar ou d'un Federico García Lorca.

Ils visitèrent ensuite le Prado et s'étourdirent à force d'admirer les toiles de Bosch, celles d'El Greco et de Goya ; ils visitèrent aussi le musée Thyssen-Bornemisza, analysant ses Rubens, ses Dalí et s'émerveillant devant les œuvres des grands maîtres impressionnistes ; mais le temps filait et ils durent laisser tomber la découverte du musée Reine Sofia. Comme ils avaient déjà réservé une chambre à Séville, ils sautèrent dans un TGV pour ne rien manquer du voyage.

*

Le lendemain matin, Alfred et Margot se retrouvè-
rent sur la Plaza de San Francisco à siroter un *expresso*.
Alfred se mit en frais d'aborder certains aspects de sa
longue marche quand, soudain, il cessa net de parler
pour ouvrir grand les yeux. Margot se tourna alors
pour voir survenir un attroupement de fiers *cava-
lieros* chevauchant autant de pur-sang arabes, suivis
de femmes vêtues de robes à falbalas frappant leur
tambourin en chantant. Elle eut l'étrange impression d'être dans un rêve fellinien, celui de *Juliette des
esprits* ou d'*Amarcord*. Les uns et les autres défilaient,
ouvrant le chemin à une enfilade de roulottes fleuries
tirées par d'énormes bœufs dont la tête dodelinant
était couverte d'un chapeau de paille qui laissait
passer les oreilles. Au terme de cette procession
impromptue, des hommes vêtus de noir s'avançaient
en silence, portant le plus sérieusement du monde
une statue de la Vierge Marie décorée de roses
oscillant au fil de leur pieuse déambulation. Dans
un espagnol approximatif, Margot demanda au serveur ce dont il s'agissait. Il lui répondit que c'était le
pèlerinage de Nuestra señora Del Rocío, la Vierge
de la Rosée. Après avoir fait le tour de la Giralda,
Alfred et Margot visitèrent l'immense cathédrale
gothique, la plus grande d'Espagne disait le guide touristique, dont le retable d'or, démesuré, constituait
la principale attraction, avec le tombeau de Chris-
tophe Colomb. Margot dit à Alfred de s'agenouiller
avec elle pour remercier le navigateur, car il avait
découvert l'Amérique après tout. Et puis, le soir

venu, ils assistèrent à un spectacle de flamenco à l'Opéra. Évidemment, ils se seraient attardés encore plus, mais comme ils avaient déjà réservé l'appartement d'une eurocrate à Barcelone, ils devaient prendre l'avion tôt le matin. Question de ne pas perdre leur acompte. La vie en société comportait des exigences auxquelles il fallait se plier si on ne voulait pas coucher à la belle étoile.

*

Tout de suite, nos deux voyageurs déclarèrent Barcelone ville d'exception. Au fur et à mesure de leur séjour, ils constatèrent combien le climat, la culture et la vie quotidienne différaient de ce qu'ils avaient connu jusque-là dans l'Espagne marquée au sceau de l'héritage franquiste. L'univers catalan se posait en rupture avec un passé de dictature dont on pressentait encore la sourde présence. Et puis, ils découvrirent Gaudi. Margot avait bricolé un itinéraire à partir d'une carte de la ville qui leur avait permis de découvrir le fabuleux parc Güell pour ensuite visiter la Pedrera et, enfin, aboutir à la Sagrada Familia. La cathédrale, en chantier depuis 1906, restait inachevable. Alfred fut ébloui par la démesure de l'entreprise à la gloire de la religion catholique, avec ses gigantesques piliers et ses personnages stylisés à la Modigliani ; bref, le déchaînement d'Art nouveau atteignait le grandiose, ce qui les obligea à surseoir leurs découvertes pour la journée. Complètement sonnés par la chaleur et la folie de l'architecte catalan en voie de béatification, Margot et Alfred retournèrent en métro dans le vieux quartier de La Ribera pour manger un morceau dans un bar à tapas et boire un grand pichet de sangria qui les saoula petit à petit.

Le restaurant se situait vis-à-vis d'une cathédrale de pierres. Le serveur vint ramasser les assiettes et les plats ; Alfred lui demanda quelle était cette église. Il expliqua sur un ton sec qu'il s'agissait là de la cathédrale gothique de Santa Maria del Mar, une des plus vieilles de la Catalogne ; la légende voulait que ce soient les marins qui aient apporté une à une les pierres la constituant pour l'ériger au treizième siècle, mais il n'était pas historien et il valait mieux pour eux d'aller visiter avec un guide plutôt que d'écouter ses balivernes. Étonnés par autant d'humilité mêlée de désinvolture, Alfred et Margot demandèrent l'addition, payèrent et laissèrent un appréciable pourboire au garçon de table. Ils partirent résolument vers le monument afin de vérifier tout ça.

Une fois rendus sur le parvis de la cathédrale, Margot abandonna la main d'Alfred, tourna la tête vers la place centrale pour y découvrir de jolis magasins. Elle laissa Alfred en plan. « Pour acheter des cadeaux ! » lui dit-elle. Il haussa les épaules, s'avança au guichet pour payer le ticket d'entrée et, une fois à l'intérieur, fut pris de vertige devant les piliers qui montaient formant trois nefs de hauteur similaire parcourues de fenêtres les éclairant. Alfred, sous l'effet du vertige, s'effondra sur la pierre froide, entre les cierges et les bancs. Un jeune séminariste qui s'occupait de fleurir les lieux assista à la scène et lui porta secours. Quand Alfred reprit connaissance, il était dans les bras de Fernando Olivé De

Montanés qui lui épongeait le front de son mouchoir trempé dans l'eau bénite.

Pendant ce temps, voletant d'échoppes en boutiques, Margot ne fit pas attention au temps qui passe et, le soir venu, s'en retourna à l'appartement, les bras chargés de bricoles, breloques, bijoux et autres folies qu'elle avait eu, enfin, le loisir de s'offrir.

Au même moment, on conduisait Alfred au presbytère, car, en s'éveillant, il ne put prononcer son nom. Alfred avait perdu la mémoire. On finit par trouver le *credencial* dans sa veste, preuve irréfutable qu'il avait accompli le pèlerinage menant à Santiago de Compostela. Dès lors, notre chrétien fut pris en charge par la communauté catholique et, de là, on le transféra à l'infirmerie du grand séminaire barcelonais. Un médecin diagnostiqua une commotion cérébrale et se mit en frais de le soigner.

De l'autre côté de la ville, non loin de la mer, Margot s'endormit pour s'éveiller seule et déjeuner en solitaire. Elle imagina toutes sortes de choses, allant même jusqu'à penser qu'Alfred avait rencontré une jolie pèlerine... Dans ces auberges mixtes, tout était possible, comme de raison. La location de l'appartement prenait fin le lendemain. Margot espéra qu'il donne enfin signe de vie et fit les bagages en attendant son conjoint. Sur le coup de midi, elle lui envoya un SMS. En entendant le signal sonore, Fernando Olivé De Montanés qui veillait le malade, ouvrit le cellulaire et en localisa l'origine grâce au petit GPS intégré à l'appareil. Il partit à la recherche de l'autre membre du couple afin de l'informer de l'incident. Quand il arriva à l'appartement, dans le vieux quartier de Barceloneta, Margot fermait la porte, résignée à rentrer seule à Montréal. Fernando s'approcha d'elle, se présenta et expliqua la situation dans le meilleur anglais dont il était capable.

Margot comprit alors que l'Église catholique apostolique et romaine avait une longueur d'avance sur elle, d'autant plus qu'elle promettait la vie éternelle. Elle donna le sac à dos d'Alfred au séminariste et rentra seule à Montréal, bouleversée.

*

Depuis ce jour, Margot attend qu'Alfred revienne. Elle a conservé toutes ses affaires. Quant à Alfred, après que Fernando l'eut aidé à remplir les *documentos,* il vit toujours à Barcelone où le temps semble s'être arrêté. Et, quand il fait beau, on peut le voir jardiner dans la roseraie du prieuré. Les gens l'appellent *el padre canadiense.*

French culture in America

Alcohol is the anesthesia by which we endure the operation of life.

GEORGE BERNARD SHAW

L'alcool est l'aspirine de l'âme.

LOUIS GAUTHIER

C'EST L'ÉTÉ DERNIER, à Kennybunkport, que nous avons rencontré Lucky Roswell. Nous étions sur la plage, Robert et moi, en train de nous chauffer au soleil après une baignade dans la mer glacée quand il nous a repérés. Tout naturellement, il vint vers nous en titubant. Lucky voulait lui aussi se baigner, mais il était tellement saoul que les vagues venant mourir à ses pieds menaçaient de le faire tomber à la renverse, et ce qui devait arriver arriva : il s'affala dans l'eau salée, tout habillé. Alors, Robert et moi sommes allés l'aider à se relever, car, à son âge et avec sa corpulence, chaque coup de reins qu'il donnait le faisait s'enfoncer à nouveau dans le sol sablonneux. Bref, Lucky n'arrivait pas à prendre pied dans le bouillonnement de l'eau sur le sable, faisant et refaisant la grève au fil des vagues.

— *Thank you! Oh! My God! Well, well...*

— *Are you okay?* demanda Robert.

145

— *Yes! I guess! Hi! I'm Lucky, Lucky Roswell! Where do you come from?*

— *Montreal,* répondit Robert, amusé par le bon-homme. *I'm Robert. This is my wife.*

— *Great! My wife's name is Smartie and we're from Syracuse, New York...*

— *Hi!* fis-je. *Are-you okay?*

— *Yes, mam! Smartiiiie!* cria-t-il. *Where are you?* hurla Lucky en tournant la tête vers les condos. *When you need your wife, she's never there!* dit-il à Robert en faisant un air comique.

Et voilà, la conversation était lancée. Une fois initié, l'échange n'aurait de cesse qu'une fois l'une des deux parties engloutie dans l'océan. À moins que nous l'amenions par quelque subterfuge à l'un ou l'autre meeting AA du coin où Lucky devait se traîner après chacune de ses virées... J'imaginais la scène.

— *Hello! My name is Lucky from Syracuse and I'm an alcoholic.*

— *Hi, Lucky!* de répondre l'assemblée des ano-nymes ânonnant de concert.

Puis, sortie d'on ne sait où, Smartie vint à la res-cousse traînant une chaise de parterre dans laquelle Syracuse se laissa choir de tout son long. Là-dessus, Syracuse entreprit Montréal et enchaîna sur Gordie Howe et le hockey. Robert me jeta un regard déses-péré. Décidément, il avait tout pour nous plaire, ce Syracuse! Mon sang ne fit qu'un tour. Je m'empour-prai. Pourquoi fallait-il toujours qu'on nous parle hockey quand on venait aux États-Unis? Pour-quoi n'y avait-il qu'un seul sujet de conversation? Le gouret de gourou, maudite ringuette de ringard, nous tenait lieu de principe unificateur à défaut de tout le reste. On imagine la réplique : «Montréal? Ah bon! Mais pour le hockey, cette année, le Canadien a encore raté la coupe Stanley, non?! Ah! Ils sont mous, vos joueurs!» Si, au moins, nous étions au courant des résultats des fameuses séries...

Or, Robert et moi n'étions au courant de rien. Pour ma part, je ne connaissais ni le nom des joueurs ni celui des gardiens de but qui jouent les cerbères. Avant, quand on venait sur les plages du Maine, on nous parlait de la séparation du Québec, toujours à venir, avec une inquiétude dans les yeux. L'expression *work in progress* comportait une connotation politique. On s'informait du voyage dans l'espace de Guy Laliberté, ou de l'organisation, *One Drop,* qu'il avait mise sur pied. Ou, encore, on s'exclamait à propos de notre chanteuse nationale, du processus de fécondation *in vitro* qu'elle avait lancé et que certains confondaient (à dessein?) avec la cryogénisation de Walt Disney. On s'extasiait à propos de son spectacle au Caesar's Palace ou son château sur Jupiter's Island. Toutes les tribunes internationales échangeaient à propos du Québec, la seule terre des francophones d'Amérique.

Avant que le hockey ne prenne toute la place. À Paris par exemple, même dans un taxi klaxonnant au milieu du trafic, le chauffeur n'hésitait pas à demander : «Et c'est pour quand, l'indépendance?» Je répondais invariablement que le projet politique mûrissait, que de nouvelles alliances allaient se nouer avec les nationalistes mous. C'était l'époque où le Québec intéressait encore et où Montréal rimait avec «culture», «français d'Amérique» et «créativité».

Maintenant, c'est le «hockey», parfois prononcé avec un «h» si aspiré qu'on entend plutôt «hoquet», avant de réagir pour corriger le mirage acoustique... Les Québécois ne sont plus qui ils ont été. Maintenant, ils votent en masse pour élire des unilingues anglophones et les jeunes rêvent d'un *Royal wedding* comme celui ayant uni, dans un spectacle télévisé à grand déploiement, la roturière Middelton au prince William, venu jusqu'à Québec rappeler à Konrad Sioui, le chef huron d'Ancienne-Lorette, l'existence d'un traité entre son peuple et la couronne britannique.

Toutefois, la nature humaine est infinie et changeante dans ses manifestations. Il y a des gens cuirassés qui ne ressentent rien, et d'autres qui sursautent à la moindre peccadille. Il y a aussi les écorchés vifs, les lents qui procrastinent, les histrioniques cherchant à se faire bien voir, les hypocrites qui manigancent, les pimbêches roucoulantes, les colonels d'opérette poussant de lyriques envolées et les obsessionnels compulsifs qui vérifient cent fois s'ils ont bien fermé leur porte à clé. Celui qui était devant moi appartenait à une autre sorte. Qu'il soit debout ou assis, Syracuse vacillait sur ses jambes tordues, vaticinant du matin jusqu'au soir. C'était un insupportable radoteur qui avait des théories sur toute chose.

Ce matin-là, nous étions à nous installer sur la plage, en contrebas des condos. Robert tournait une grosse vis de plastique dans le sable pour y insérer la tige du parasol. Pour ma part, je dépliais les chaises tranquillement avec l'idée d'y étaler les serviettes de plage pour ne pas avoir la peau bariolée par les lattes formant l'entoilage qui accueillerait notre dos des heures durant. Il faisait beau. Chacun s'affaira ensuite à enduire de crème solaire la peau de l'autre. Robert et moi avions notre sac de bouquins à lire, notre chapeau et notre bouteille d'eau; la journée s'annonçait formidable quand Syracuse arriva, s'immisçant entre nous pour placoter.

Le matin, Robert ne parle pas beaucoup. Avant 10 h 30, on ne peut pas en tirer grand-chose sinon quelques «hum, hum...» qui veulent tantôt dire «oui», tantôt dire «non» selon l'intonation. Pour un néophyte, ces grognements peuvent, à tort, être pris pour des interjections marquant de l'intérêt. Et c'est probablement ce que Syracuse pensa, car il entreprit avec Robert une formidable discussion monologuée, tant et si bien qu'à un moment donné, moi qui étais à lire le dernier Goncourt, je me suis levée pour les écouter. Mon intérêt vint renforcer le comportement de Syracuse qui, fort de sa verve, se vit encouragé. Il avait parlé hockey, baseball et, maintenant que j'étais plantée là, Syracuse aborda le chapitre des sports de plage. En me voyant, Robert en profita pour s'esquiver et s'affairer à déployer le parasol pour enfin s'asseoir et ouvrir son florilège de *shorts stories* américaines, marquant ainsi la fin de sa participation à la conversation. Mon anglais étant sommaire, je poursuivis dans la veine des «hum, hum...» en les remplaçant par des «euh?».

Soudain, il y eut un moment magique. Smartie arriva tout sourire avec ses bermudas à carreaux et sa chemise à pois; elle transportait *a game of bowls* sous le bras.

— *Do you play* pétanque ? me lança-t-elle en plissant les yeux.

— *Oh ! No ! Thanks, Smartie ! I prefer to go swimming,* fis-je.

— *It's* OKAY *! Next time !* me dit-elle, joyeuse, et elle se mit à chercher des remplaçants.

— *Why not ?* fit Syracuse, insulté, en me regardant sévèrement.

— *She wants to swim, Lucky ! Come on ! I'm going to ask Jerky and Carol !* fit Smartie avec bonne humeur.

À grands cris, elle réquisitionna un couple d'Amerloques de leur genre pour faire une partie. Trop heureux de briser leur ennui d'avachis, Jerky et sa femme sautèrent sur l'offre. Quant à moi, bien débarrassée, je retrouvai Robert, enserré dans la serviette de plage de sa chaise. En le voyant, je songeai qu'il eût été plus simple de déraciner un chêne. Je laissai Syracuse s'éloigner en grommelant ; j'allai me mouiller dans les vagues froides pour enfin m'allonger et replonger dans mon gros pavé, délivrée de l'encombrant voisin qui empestait l'alcool à toute heure du jour et de la nuit. Soudain, Robert émit un drôle de commentaire faisant office de mise en garde :

— Écoute, tu devrais faire attention.

— Mais qu'est-ce que j'ai dit ?

— Bien…

— Qu'est-ce que j'ai fait à la fin ? fis-je vivement.

— Tu sais, on n'est pas chez nous, ici…

— Mais que veux-tu insinuer ? lui répondis-je avec étonnement.

— Essaye d'être moins impatiente avec lui...
plus... comment dire ?

— Plus niaiseuse ? lançai-je en ouvrant de grands
yeux.

— Oui, plus *cuty pie,* style... ajouta-t-il d'un ton
mielleux.

— Et toi, moins *cuppy cake,* peut-être ? répondis-je avant de pouffer de rire.

Et les journées se succédèrent, toutes plus belles
les unes que les autres, sans que nous reparlions de
tout ça. À marée haute ou à marée basse, la mer
resplendissait sans fin sous le ciel bleu. Nous passions des heures en maillot, à lire ou à jouer au
Scrabble sous la brise et les rayons tamisés par le
parasol. Après la baignade, une fois douchés, nous
mangions du homard, du crabe ou des palourdes
qu'un pêcheur vendait au village voisin. Nous tom-
bions ensuite endormis, complètement abrutis par
le soleil, le sable et les embruns.

La première semaine de vacances se déroula
comme un charme. Mais la deuxième fut moins
ensoleillée ; de fait, il plut pendant cinq jours, ce qui
nous laissa pas mal de temps à passer dans le condo.
Il fallut bien nous animer, sortir de notre léthargie
pour nous approvisionner, d'autant plus que, n'ayant
pas grand chose à faire, pour varier, Robert se
mit à cuisiner. Il commença par confectionner de
petits scones aux bleuets et, enhardi par le succès
de son entreprise, il passa du simple au complexe :
il se mit en frais de réaliser une paëlla aux fruits de
mer ; pour m'occuper, il me chargea d'aller acheter
du vin. Comme je n'y connaissais rien, je haussai
les épaules avec l'idée de prendre ce qu'il y avait de

cher. Aux États-Unis, en payant le maximum, on ne peut pas se tromper. Ici, *money talks.* Je pris donc les clés. Robert me recommanda d'aller au village encourager le vieil Irlandais qui tenait un *Wine and Cheese Shop* un peu démodé, mais qui recelait d'excellentes bouteilles, selon Syracuse. Et je partis en voiture, lui promettant tout ce qu'il voulait.

Une fois le magasin repéré, je stationnai et je débarquai. C'était une boîte décrépite en bois, peinte en jaune, avec quelques cercles noirs ; l'ensemble simulait un gruyère géant. Une mascotte en forme de souris trônait sur le toit en guise de puissance tutélaire. L'endroit paraissait abandonné ; il n'y avait qu'une autre voiture dans le parking. Il me semblait la reconnaître, mais comme je ne faisais jamais attention aux autos, je n'arrivai pas à en identifier le propriétaire ; je poussai donc la porte d'entrée. Une fois à l'intérieur, je tombai sur Syracuse qui était venu se chercher quelques bouteilles à écluser. Évidemment. J'aurais dû y penser. Il me salua d'un grognement et continua à deviser avec le patron, un gros Irlandais parlant moitié anglais, moitié français aux *Frenches* et un drôle de *slang* avec ses compatriotes. Je m'étirai le cou pour voir si Smartie était avec lui, mais non. Alors, je me rappelai le but de ma visite en ces lieux décatis, véritable caverne d'Ali Baba de la dive bouteille.

Pendant que je déambulais entre les merlots, les bordeaux et les côtes-du-rhône, un drôle de type entra avec un bas de soie sur la tête. Il cria quelque chose. Sur le coup, j'ai pensé qu'il s'agissait d'un *hold up,* mais comment savoir ? Sans bruit, j'allai vite me cacher derrière le comptoir réfrigéré débordant de fromages. Je ne voulais pas être victime d'une balle perdue. Et pas question non plus de mourir en Nouvelle-Angleterre entre les meules puantes de camembert et les bries encarcanés dans leur croûte fleurie de penicillium.

Il y eut des éclats de voix, puis un coup de feu, suivi d'un grand silence. J'entendis le bruit d'un corps tombant par terre. Enfin, tel un grondement de tonnerre, de grands éclats de rire fusèrent. J'attendis un peu et je lançai un « Youhou ! » angoissé. Syracuse se mit en frais de me chercher entre les rangées de bouteilles cordées.

— *Where are you, honey ?* lança-t-il vers le fond du magasin.

— *Let's find her, Lucky !* ajouta l'Irlandais d'une voix étouffée.

Pendant que Lucky avançait, et que j'essayais de cesser de trembler derrière le réfrigérateur, l'Irlandais appelait les *cops*, les Rangers, les Troopers, les *paramedics* et les *reporters* pour faire les nouvelles de 21 h. Le vieil Irlandais était en train de transformer cette tragédie en *news !* J'étais complètement abasourdie par l'enchaînement des événements quand une grosse main m'attrapa par le chignon du cou pour me relever avec rudesse, ce que je fis en dépliant prestement les genoux avant d'être étouffée. Syracuse, qui me tenait fermement, se mit à rigoler.

— *Well, well ! A young small French Canadian ! I found a little frog !* lança-t-il à l'autre, avec une ironie que je ne lui connaissais pas.

— *Ho! Ho! Ho!* fit l'Irlandais, toujours près de la caisse et du corps qu'il venait d'abattre. *Who's that, Lucky?*

— *A suspect?* hasarda Syracuse qui ricanait.

— *A suspect? No, Lucky, no! Our witness for this prosecution! Yes!* fit l'Irlandais.

Fort comme un Turc, ce gros imbécile de Syracuse me traînait dans le magasin en me secouant du bout du bras comme une poupée de chiffon. Une fois rendus en avant, l'Irlandais nous regarda avec un malin rictus et il me tendit son arme encore chaude. Au sol, le corps d'un homme gisait dans une flaque de sang qui s'étendait.

— *Who's that? Is he alive?* dis-je d'une voix étouffée.

— *Surely not, little frog!* répondit l'Irlandais avec entrain. *Do you want to try my revolver? It's a good one! Come on! Lucky, take it and give it to her!*

— *No, thank's. We don't use firearms in Canada...* fis-je.

— *They don't use firearms in Canada!* hurla de rire Syracuse, puis il prit l'arme par le canon et me la fourra dans les mains. L'Irlandais lui tendit un chiffon. Syracuse s'en empara et effaça ses empreintes en grommelant un étrange *Holy prints of darkness!*

Les *cops* arrivèrent par devant, le *trooper* par-derrière ; bref, je fus prise comme un rat, les deux mains enserrant le pétard du maudit Irlandais qui ne riait plus. Blanc comme neige, il avait les deux mains levées et me regardait avec terreur en répétant *Let me live!* Syracuse m'avait lâchée et je me retournai vers lui en tremblant. Il leva les mains au ciel en hurlant un *No! No! Please!* Alors, les *cops* me crièrent de déposer *slowly* le pistolet par terre. Éber-luée par tout ce cirque, je me penchai pour déposer l'arme. C'est à ce moment-là que le *trooper* tira sur moi. Il visa droit au cœur. Et me rata. J'eus une balle dans l'épaule et je tombai par terre, me fracassant la tête sur une bouteille. Je me réveillai à l'hôpital, avec des menottes aux chevilles me retenant au lit, intubée à la suite de l'opération qui m'avait sauvé la vie. Une policière surveillait les lieux, la main sur son arme, prête à dégainer. Robert était là depuis je ne sais combien de temps, mort d'inquiétude. Syracuse aussi, accompagné de Smartie. Il lui mar-monnait tout bas :

— *It was a joke, Smartie. This stupid trooper didn't understand. This kind of guy doesn't appreciate frog's legs anyway...*

— Hum! Hum! fit Robert, compatissant, alors que Smartie hochait la tête, navrée.

Incapable de parler, je me rendormis. Plusieurs mois plus tard, quand j'émergeai du coma, Robert n'était plus là. Syracuse était décédé. Quant à Smartie, elle venait me visiter tous les vendredis, espérant me faire revenir au monde par ses prières. Elle avait vieilli, son regard s'était obscurci et le coin de ses yeux était marqué par de profondes pattes d'oie, mais son visage respirait toujours la bonté. Elle portait encore des bermudas à carreaux et une chemise à pois.

Rencontre du 4ᵉ type

La classification de Hynek (1972) est une méthode de classification des observations d'OVNI.

Lu sur internet récemment

L'ORIGNAL dormait tranquille dans sa crevasse quand, tout à coup, il entendit des voix...

C'était un couple petit-bourgeois et urbain qui, à l'aube de la retraite, avait décidé de visiter les grands parcs du Québec profond. Une fois l'été indien passé, ce furent les premiers gels et leur projet se corsa. Mais ni l'un ni l'autre n'avait peur du froid et chacun proclamait avec fierté son appartenance au Nord, s'en convainquant chaque jour davantage. Pour lancer leur dernière entreprise de l'année, ils choisirent la Gaspésie en raison de la majesté des paysages et la splendeur de la nature.

Vêtus de pantalon et manteau de MoreTech™, nos deux quinquagénaires avaient chaussé leurs raquettes de polypropylène à crampons pour se lancer à l'assaut des Chic-Chocs. Nous étions en novembre, quand la saison touristique tombe à plat. Évoluant à flanc de montagne, le bourgeois et sa pareille avaient emprunté un sentier enneigé. Ils maintenaient leur équilibre à l'aide de leurs bâtons. Au début de la montée, ils virent du crottin ; par la suite, des touffes de longs poils noirs, de-ci de-là, sur la neige. Ils se dirent en riant qu'ils étaient vraiment au pays des orignaux.

Une fois arrivés sur un faux plat, essoufflés, ils s'arrêtèrent pour reprendre haleine et ils virent des taches rouges sur la piste blanche. Du sang. Encore frais. La bourgeoise s'en émut. Le mari lui répondit que c'était la saison du rut, que ceci expliquait cela, voilà tout. La femme se demanda quelles folies son mari pouvait imaginer au sujet de ces grands animaux à panache. C'était toujours quand ils marchaient en forêt qu'il parlait le plus de sexe. Cachant son inquiétude, elle lui lança, jouant les mijaurées : « Mais enfin, François-Xavier, ce n'est parce que nous sommes en pleine forêt que vous pouvez vous laisser aller de la sorte ! ». Là-dessus, ils pouffèrent de rire. Même fin seuls au cœur des Chic-Chocs, Marie-Thérèse et François-Xavier se vouvoyaient en s'échangeant des rodomontades. C'était un couple petit-bourgeois, urbain, mais non sans culture.

Non loin de là, l'orignal s'éveilla et entreprit de se relever. Il déplia une à une ses longues pattes, n'en finissant plus de s'ébrouer. Puis il fit quelques pas dans le fossé en renâclant et, d'un bond, se retrouva sur le sentier. Médusée par la soudaine apparition de la bête, Marie-Thérèse cessa soudain de marcher... et se figea net. Ses yeux se fixèrent sur la grosse bête qui la zieutait à son tour. Elle eut peur et, le temps de le dire, retourna sur ses pas en courant. Dans son environnement habituel, il n'y avait pas de ces choses-là.

Ne voyant plus sa femme devant lui, François-Xavier, un peu myope, cligna des yeux. Il se demandait où Marie-Thérèse était passée quand il la vit venir rapidement vers lui, le dépasser et continuer à courir en sens opposé, loin derrière, dans le sentier. Il remarqua un petit nuage blanc flottant à sa suite. Il s'agissait probablement de sa respiration dont les bouffées avaient été altérées par le temps si froid. Il y reconnut le principe de la condensation. Plus jeune, au collège, François-Xavier avait étudié la thermodynamique et se surprenait à en apprécier les manifestations dans les moments les plus anodins de la vie quotidienne. C'est ainsi que, dans son imagination ensauvagée, le bourgeois s'amusa à penser que sa femme avait fait deux sauts arrière pour rebrousser chemin vers l'auberge, allant au pas de course sur ses raquettes à traction. Riant dans sa barbe, François-Xavier se demanda alors quelle était la raison de cette fuite quand il découvrit, à dix pas devant lui, une sorte de cheval pourvu d'un arbre sur la tête. C'était gros. Vivant. Et ça reniflait non loin de lui. Aussi étonné que ravi, il fouilla son sac à dos pour en sortir un fruit qu'il rompit en deux. Il pensa intéresser l'immense quadrupède en disant «Po-pomme?» François-Xavier resta ainsi de longues minutes sans bouger, le bras tendu, la main sertie de deux moitiés de Granny-Smith, tâchant de tenter la bête de son offrande odorante.

Voyant que l'animal ne venait pas à lui, François-Xavier préféra toutefois ne pas aller à l'animal. Puisque chacun restait sur ses positions, il était plus prudent que le plus petit des deux quitte les lieux.

François-Xavier déposa délicatement le fruit sur un rocher, bien en vue, puis rebroussa chemin, soudainement en proie à l'angoisse habituelle que nourrissent la plupart des urbains en présence d'animaux sauvages. C'est ainsi que le bourgeois se retrouva *ipso facto* à l'auberge pour y chercher refuge auprès de sa douce moitié qui, déjà au zinc, racontait l'aventure aux autres, les joues rouges d'avoir autant couru. Les uns offrirent une vodka, d'autres, un café cognac, d'autres encore, un grog à base de rhum et de sirop d'érable. Marie-Thérèse avait bu tout cela et plus encore quand, à son tour, François-Xavier arriva en trombe.

Ensemble, ils témoignèrent des faits auprès des clients, voyageurs, *grooms* et serveuses attirés par l'événement et, tantôt debout, tantôt assis, les uns et les autres restaient pantelants et bouche ouverte, à écouter le récit fabuleux. Seul le barman restait de marbre à frotter sans fin la même coupe de cristal, dodelinant de la tête. Dans l'accalmie, il prit la parole et dit d'une voix claire qu'en automne, il était bien rare que les orignaux se laissent approcher de si près... Il ajouta qu'il s'agissait peut-être d'un signe.

«Un signe?» reprirent les autres en chœur, tels ces badauds assoiffés de détails tournoyant autour de la scène de quelque sordide accident. Le barman reprit la parole et dit à la petite assemblée qu'il fallait en parler au vieil Indien, lui seul saurait dire ce que cela signifiait. François-Xavier médita la chose en buvant une énième tasse de vin chaud pour finalement lâcher d'une voix forte que l'animal lui avait témoigné de la considération, ce qui voulait tout dire. Et chacun, chacune d'approuver le bien-fondé de l'assertion du bourgeois. «Mais voilà, murmura une serveuse en un sifflement, seul l'Indien sait...»

Au silence succéda un brouhaha remettant en place les esprits exaltés, tant et si bien que l'après-midi se termina sur une heure bleue fort joyeuse. Enivrée et ragaillardie par la civilisation retrouvée, Marie-Thérèse s'esclaffa en une suite de fous rires ; elle atteint l'hilarité lorsqu'elle entendit parler de ces aborigènes et de leurs coutumes ancestrales. Tout un chacun la regarda avec un mélange d'obligeance et d'agacement, charmé par sa voix chantante, ourlée de verbiage, mais sourdement indigné par son mépris envers les Premières Nations. Dans ce coin de pays, le vieil Indien était un homme sage et fort respecté. Le barman divulgua le peu qu'il connaissait au sujet du personnage : l'ancêtre parlait iroquois, bien qu'il sache un peu de français, et davantage d'anglais. Il s'appelait Thomas Hawk, reprit le spécialiste des cocktails et boissons, ce qui signifiait qu'il était le double du faucon, dans un dialecte amérindien mâtiné d'araméen. Le vieil Indien avait passé sa vie dans un ermitage construit de ses propres mains et les chasseurs chuchotaient qu'il savait parler aux animaux, notamment aux ours. Là-dessus, François-Xavier et Marie-Thérèse retournèrent à leur suite, tanguant dans les couloirs. Ils se douchèrent et, une fois couchés, tombèrent endormis, sautant l'heure de l'apéro et du souper.

*

Plus tard, ils se firent porter à la chambre un souper frugal fait de fromages et de fruits. En soirée, François-Xavier sortit du petit secrétaire une liasse de papier à l'en-tête de l'auberge ; il se mit en frais d'écrire l'aventure de sa journée. Quand Marie-Thérèse lui demanda ce qu'il faisait, le cinquantenaire répondit qu'il commençait ses mémoires, ce qui clôt la discussion.

*

Gaspésie, 18 novembre

Aujourd'hui, Marie-Thérèse et moi sommes partis marcher en forêt sur une piste située de biais, tout au bas du Gîte du Mont-Albert. Après une heure de randonnée, alors qu'il faisait moins vingt degrés au cœur de la forêt gaspésienne, contrée sauvage où l'homme ose s'avancer cherchant sottement à dominer les forces indomptables de la nature, je vis mon premier orignal. Il était là, devant moi, à dix pieds. Une énorme bête dotée d'une force redoutable.

Nous sommes restés figés, lui et moi, aussi étonnés l'un que l'autre de nous rencontrer. Je lui ai offert ma pomme en signe d'amitié. Dorénavant, il s'appellera Léon. Nous nous reverrons peut-être. Qui sait ce que nous réserve l'avenir ?

*

Levant le nez de son traité du savoir-vivre, Marie-Thérèse avala des comprimés analgésiques avec une gorgée d'eau de Vichy. Après avoir dégluti sans bruit, elle vit François-Xavier assis à sa table, tout concentré, les pieds ballants, en train de pousser la plume sur sa feuille de papier. La scène avait quelque chose d'attendrissant.

— Mais enfin, que faites-vous là, mon ami? Vous écrivez à la main, vous qui préférez toujours le téléphone et n'envoyez ni texto ni courriel tant l'écriture vous rebute?

— Vous ne rêvez pas, Marie-Thérèse, fit le gentilhomme, plissant des yeux, penché sur sa feuille. Rencontrer cet orignal m'a bouleversé. J'ai pensé en coucher le récit sur papier ordinaire afin de surmonter l'émotion qu'il m'a causée.

— Que me dites-vous là, François-Xavier!

— La stricte vérité, ma douce. Ah! Si vous saviez...

— Voyons, mon ami! Ressaisissez-vous! Ce n'est qu'une bête, après tout! Je vais commander de l'armagnac. À moins que vous ne préfériez du rhum? Ou un thé autochtone? Ils en ont d'excellents, dont une menthe préparée par les Hurons d'Ancienne-Lorette, vous savez, la réserve de Wendake...

— Je préférerais un chocolat, Marie-Thérèse. J'ai assez bu d'alcool pour aujourd'hui. Vous devriez en faire autant au demeurant. Maintenant, veuillez me laisser écrire, je vous prie.

— Bien sûr, mon ami! Je ne voulais pas vous distraire de votre activité. Quelle idée! Jetez, François, jetez votre dévolu sur cette page encore trop blanche! Et permettez que je téléphone au garçon.

— Faites, Marie-Thérèse, faites. Là-dessus, le bourgeois se rembrunit et s'enfonça dans une concentration que sa compagne ne lui connaissait pas.

Marie-Thérèse prit sa plus jolie voix, décrocha le combiné téléphonique et attendit la communication avec la standardiste. Cette dernière lui répondit un peu sèchement, tâchant de lui faire comprendre qu'il était préférable de venir chercher les chocolats elle-même si elle voulait les avoir dans la soirée tant on était débordé de toute part. «Mais enfin, mon enfant, expliquez-moi la situation!» fit Marie-Thérèse, froissée par un tel manque de considération. La bourgeoise obtint son explication et raccrocha le combiné après mille remerciements. Puis, songeuse, elle passa un gros pull laineux, prit son sac et descendit vers le hall où logeaient le bar et l'âtre du *lounge* relooké façon grunge.

Ce soir-là, une tempête de neige sévissait dans les environs. Le vent s'emmêlant à la neige créa une poudrerie telle que la plupart des voyageurs durent s'arrêter en chemin. C'est ainsi qu'un autobus de Chinois, nouveaux millionnaires désireux d'investir au Canada, vint s'échouer au Gîte... Voyant la manne tomber du ciel, les fonctionnaires de la Sépaq se frottèrent les mains et entreprirent de réquisitionner tous les citoyens de la région pour servir à la salle à manger, faire le service aux chambres, assurer le roulement des équipes de massothérapeutes au spa, etc. On leva aussi une troupe de préposés à la buanderie. La Sépaq activa son plan d'urgence pour déployer de nouveaux effectifs à la boutique de sport où il fallait monter en catastrophe de nouvelles équipes de guides avec planchistes de montagne, raquetteurs-secouristes en régions isolées, experts en montée, opérateurs de chenillette et autres mécanos. Ce soir-là, le vent du nord soulevait les neiges, et l'effervescence régnait au pied du mont Albert.

Pendant ce temps, dans son élégante suite, après avoir noirci plusieurs feuillets, François-Xavier leva enfin le nez et sortit de sa torpeur d'auteur. Le nez à la fenêtre, il cligna les yeux, puis constatât qu'une bonne tempête de neige sévissait à l'extérieur. Or, tout à son écriture, il ne s'était pas rendu compte que Marie-Thérèse était sortie. Quand il voulut lui lire les quelques pages qu'il avait écrites de sa belle main, afin de partager à nouveau avec elle les moments palpitants que l'on sait, il s'aperçut que Marie-Thérèse avait disparu. Bouche bée, il fit le tour de la pièce, passa ses lunettes à l'eau froide, les essuya à l'aide d'un chamois et, après les avoir rechaussées, vit que son sac avait disparu, lui aussi.

Il pensa qu'elle était partie en catimini pendant qu'il se livrait à l'épanchement de ses sentiments. Ciel, ciel, ciel. Marie-Thérèse, partie, qu'allait-il faire ?

François-Xavier songea que cette activité d'écriture, qui ne lui était plus très familière, l'avait jeté en un espace oublié jusque-là, celui de l'intériorité où il s'était muré. Il eût été sans doute préférable d'enregistrer l'histoire, de vive voix, sur son cellulaire, puis de transmettre l'enregistrement à sa fidèle adjointe restée à Montréal aux prises avec une montagne de documents à classer. Mais sa concentration était telle qu'il avait perdu la notion du temps, et Marie-Thérèse, esseulée, était partie on ne sait où, en proie à l'ennui. Le quinquagénaire soupira. Sa femme exigeait une attention soutenue, besoin qu'il n'arrivait jamais à combler, en dépit de tous ses soins. Le petit mari alla jeter un coup d'œil à la fenêtre d'où l'on pouvait voir le hall d'entrée de l'auberge.

Il y vit sa femme en grande conversation avec un illustre inconnu, parmi une foule de Chinois qui semblaient deviser, tout sourire, en prenant une tasse de thé sans doute amérindien. François-Xavier se demanda s'il avait la berlue et se frotta les yeux pour mieux se les dessiller; cela fait, il fut à même de visualiser la scène qui s'offrait à lui. Interdit, il laissa tomber la plume, passa une veste et sortit rejoindre son épouse en pestant.

François-Xavier parcourut les longs couloirs menant au centre de l'établissement, prenant soin d'éviter tous ces nouveaux venus qui circulaient avec des valises sous le bras pendant que d'autres tiraient d'énormes malles et d'autres encore faisaient en sorte de glisser leurs ballots sur des roulettes. Il avait l'impression d'halluciner en circulant parmi tous ces gens. Voilà peu, il n'y avait là qu'une poignée de clients et de locaux, maintenant, le Gîte débordait! « Bon sang! pensa-t-il, j'ai l'impression d'être à l'aéroport au comptoir du vol en partance pour Hong-Kong! » fit-il, interloqué, valsant entre les couples, tout en contournant les sacs de l'un ou de l'autre. Une fois au bas de l'escalier, il poussa la porte et se retrouva dans le hall où il vit enfin Marie-Thérèse. Il se dirigea vers elle, évitant des cohortes de gens d'affaires suivis de leurs troupes respectives constituées d'ingénieurs et autres scientifiques discutant ferme autour de plans qui circulaient. S'agissait-il d'une centrale nucléaire ou de quelque nouvelle usine d'aluminium ? La nature de ces plans annotés en mandarin lui échappait.

Une fois rendu à la hauteur de sa femme, François-Xavier reprit contenance et, bombant le torse, s'enquit, toisant le quatuor d'admirateurs qui l'encerclaient, d'une voix mélodieuse mais un peu forcée :

— Bonsoir, ma chérie ! Je me demandais bien où vous étiez ! Dites-moi, maintenant que je vous trouve, dites-moi – oui, oui – qui sont donc toutes ces bonnes gens qui font cercle autour de vous ?

— François-Xavier ! J'allais justement vous donner un coup de fil pour vous faire descendre ! s'exclama la bourgeoise, lovée dans un écrin composé de courtisans aux yeux bridés. Imaginez-vous donc, cher ami, que ces gens viennent de Chine !

— De Chine ! Ah ! Tiens donc ! La Chine ! Vraiment ?! Comme c'est singulier ! s'exclama François-Xavier en insérant la pointe de sa cravate dans son pantalon.

— Oui, mon ami... et ils viennent de passer devant notaire pour signer le contrat d'achat de plusieurs industries et terres agricoles, n'est-ce pas, monsieur Hou-Nan ? Monsieur Ylang ? Monsieur Cheung ? Et Monsieur... vous me corrigerez si je prononce mal, mais j'essaie tout de même, monsieur Huuu-Faaang-Wouuuunnn ? C'est bien cela ? fit-elle en clignant des paupières.

— Tout à fait, Mal'ie-Thél'èse ! fit le principal intéressé en massacrant à son tour son prénom tout en éclatant d'un rire tonitruant, suivi en cela par les autres.

— Hé bien! Il faut célébrer l'événement, ma chère! lança François-Xavier avec panache. Et il offrit du champagne aux richissimes représentants de la nouvelle Chine capitaliste.

François-Xavier trempa à peine les lèvres dans sa flûte qu'il éprouva un violent désir, celui de fuir cette société mercantile alléchée par le plan Nord. Dès lors, il ne songea plus qu'à repartir marcher en forêt pour revoir Léon. Il confia son projet à Marie-Thérèse qui poussa les hauts cris.

— Mais enfin, vous n'y pensez pas! Aller voir Léon, en forêt, la nuit! Vous allez vous perdre dans la noirceur, mon pauvre ami! Venez plutôt souper avec nous!

— Souper? Ah! Mais... je n'ai pas faim!

— Ces messieurs m'invitent à leur table! Vous n'allez pas nous faire faux bond?! lui murmura-t-elle, alarmée.

— Marie-Thérèse! Invitons Léon, aussi! articula M. Hu-Fang-Woun, appuyé dans cette initiative par ses trois compatriotes.

— Non, non, non! Je n'ai aucune envie de parler d'investissements avec ces charmantes personnes qui sont vos amis, murmura en aparté le mari marri.

— Vous aurais-je irrité en acceptant leur invitation? fit-elle en sourcillant.

— Mais qui est ce... Léon? s'impatienta M. Cheung.

— Je l'ai rencontré cet après-midi, répondit poliment François-Xavier. Un être magique. Formidable! Ah! Monsieur Ylang, vous n'avez pas idée. Et, sans vouloir vous déplaire, je dois vous avouer que ce soir je n'ai pas la tête aux mondanités. Ma chère Marie-Thérèse, je vous laisse entre bonnes mains, n'est-ce pas, messieurs? Oui, je vous confie aux dignes représentants de l'Empire du Yuan.

— Nous dirons que vous avez mal à la tête, agréa M. Hou-Nan en s'inclinant, de concert avec M. Ylang et M. Hu-Fan-Woung qui opinaient du bonnet d'une drôle de manière.

— Ce sera comme vous voulez, François, laissa tomber Marie-Thérèse, envisageant déjà la suite des opérations, car la soirée s'annonçait excitante.

Là-dessus, la bourgeoise s'envola vers la salle à manger accompagnée de ses suivants. Elle réintégra son air habituel, roucoulant entre les convives et flottant entre les cercles jusqu'à ce qu'un serveur lui désigne une table où elle alla s'échouer, suivie de ceux qui étaient désormais les siens. François-Xavier disparu, Marie-Thérèse avait enfin les coudées franches pour manœuvrer. Quelle qu'elle soit, la vie en société, c'était son truc à elle, son ordinaire, son champ de tir, sa patinoire, bref son terrain de jeu. Pendant ce temps, François remonta à la chambre et déplia les draps du lit. Quand il reviendrait, tout serait prêt. Il s'étendit même un peu sur la couche afin d'en froisser les draps. En revenant de ses agapes, Marie-Thérèse ne penserait jamais qu'il était parti courir l'orignal.

Il passa son anorak, mit ses bottes, enfonça sa tuque sur sa tête et enfila ses gants fourrés de mouton. Bien vêtu, François-Xavier sortit dans la nuit glaciale avec au front une petite lumière, les poches pleines de pommes vertes qu'il avait chapardées dans le présentoir du hall. À 22 h pile, seul dans la nuit froide et noire, François-Xavier sortit avec l'idée bien arrêtée de retrouver son orignal.

Dehors, quelques investisseurs de l'antique royaume de Cathay grillaient des cigarettes en devisant agréablement dans une langue inconnue. «Décidément, se dit François-Xavier, ils ont fait de bonnes affaires. Les ex-communistes de l'an 2000 débarquent ici pour s'en mettre plein les poches. Évidemment, quand on déborde de dollars américains et d'or, on peut conquérir de nouvelles contrées et accaparer leurs richesses naturelles...» songea-t-il, ayant en mémoire les belles années où son entreprise avait atteint et dépassé le million.

François-Xavier avait déjà été quelqu'un. Oui. On avait la mémoire courte à Montréal. Puis, il chassa ces souvenirs et s'empressa de chausser ses fameuses raquettes à traction. Chemin faisant, il ne pouvait s'empêcher de ressasser de vieilles marottes en larguant une à une ses pommes. Le Québec était à vendre. Les ponts s'écroulaient et les autoroutes bitumées craquelaient pendant que les entrepreneurs en construction s'emplissaient les poches. Les commerçants fermaient boutique. Il n'y avait plus assez de clients en raison de la montée de l'endettement des jeunes ménages qui, étranglés par les paiements, n'arrivaient plus. Le pays avait été mis à sac, à cause d'une gestion gangrenée par l'incompétence et la corruption crasses. La seule solution paraissait de fermer tous les ministères, congédier tous les fonctionnaires et casser les syndicats pour mettre les compteurs à zéro afin de relancer le pays sous un nouveau nom. Mais voilà, un pays n'est pas une compagnie.

François-Xavier avançait dans la neige tâchant de suivre les panneaux indicateurs menant aux sentiers balisés que Marie-Thérèse et lui avaient empruntés plus tôt, dans la journée. Il finit par retrouver la piste longeant la rivière partiellement gelée et reprit le chemin menant à Léon. Il ne savait pourquoi ce grand animal sauvage lui était si sympathique. Peut-être l'avait-il envoûté? Il se sentait confusément relié à cet élan d'Amérique. Depuis toujours, notre quinquagénaire avait rêvé de mener une vie de pionnier, de défricheur, voire de forestier, une vie fruste et vraie, dépouillée de tous les artifices inhérents à la vie en société. François-Xavier sentait que le temps était venu de réaliser son rêve et de s'harmoniser enfin avec la nature sauvage qu'il aimait tant. Il respira un bon coup et commença à escalader la piste devenue plus abrupte. Puis, il entendit des craquements derrière lui. Il s'arrêta. Se retourna... et ne vit rien. Fausse alerte. Il songea alors qu'il eût été plus prudent de se munir d'une arme, au cas où. Toujours désagréables à rencontrer, certains prédateurs pouvaient surgir une fois la nuit venue... Néanmoins, François-Xavier poursuivit sa montée sur le sentier qui serpentait dans la montagne, tout en se remplissant de cette paix résineuse si particulière aux grandes forêts gaspésiennes.

Presque rendu au sommet, le manteau ouvert, la tuque dans une poche et les gants dans l'autre, suant de partout après l'escalade, François-Xavier allait se féliciter d'être aussi en forme quand, soudain, la petite lampe lui permettant d'avancer dans la nuit se mit à vaciller, pour ensuite s'éteindre, purement et simplement. « Allons bon! » éclata-t-il, fin seul dans le grand espace tout noir. Heureusement, un trou dans les nuages permit à la lune d'éclairer le sentier qui menait au faîte de la montagne. Ses yeux s'habituèrent à l'obscurité, puis il se remit à grimper.

Une fois arrivé au sommet, François-Xavier reprit son souffle et, au bout de quelques secondes, il finit par se situer en identifiant au loin l'auberge parsemée d'ampoules décoratives jaunes et bleues. Il cherchait d'autres sources de lumière quand il vit non loin un petit halo orangé, caractéristique d'un feu de bois. Il se demanda comment s'y rendre quand il découvrit un autre sentier, moins large, simplement tapé par les hommes et les bêtes. Il s'y engagea résolument se rappelant le proverbe selon lequel *Qui ne risque rien n'a rien.* Après plusieurs minutes de descente au cœur même de la forêt, il vit une maisonnette coincée entre les arbres. «C'est sans doute la maison du vieil Indien...» pensa notre urbain. Il décida d'y aller voir. Si cet Indien était vraiment en contact avec tous les êtres vivants, réels ou imaginaires, alors il pressentirait sa venue chez lui, se dit encore François-Xavier. Les endorphines secrétées par l'hypophyse avaient généré un tel état de bien-être dans le cerveau du quinquagénaire qu'il avait l'impression de flotter à la surface de la neige en s'y rendant.

Le sentier menait à la cabane en bois devant laquelle on avait fait un feu. Médusé, François-Xavier s'arrêta pour examiner les lieux. Le halo de lumière que dégageait le feu lui permit d'apprécier la simplicité de l'habitation faite de rondins. Sur le pas de la porte, un vieil Indien avait passé une couverte de laine à carreaux sur ses épaules et, malgré la distance, François-Xavier pouvait discerner son visage, lustré par les flammes montant dans la nuit. «Thomas Hawk!» murmura notre quinquagénaire, pétrifié par l'apparition. S'il avait la peau ridée, tannée par le soleil, le vent et le froid, son visage était pourtant celui d'un homme bon et qui inspirait confiance. Alors, l'Indien sortit le bras de sa couverture et lui fit signe d'approcher. François-Xavier quitta le sous-bois et s'avança en se disant que Marie-Thérèse manquait vraiment quelque chose d'important. Il contourna le brasier et arriva auprès de l'Indien qui le salua de son plus beau sourire, découvrant une bouche à moitié édentée. François-Xavier en fit autant. Puis d'un geste de la main Thomas Hawk lui fit signe d'entrer chez lui. L'homme blanc y découvrit un univers qui le fascina.

Le mur du fond était orné d'animaux empaillés dont certains se trouvaient rapaillés les uns au-dessus des autres, en totem. Il y avait à gauche un mur entier placardé d'outils variés allant du simple couteau à une impressionnante panoplie de haches, carabines et autres arbalètes, aujourd'hui vétustes. Ravi, François-Xavier ôta ses raquettes, son anorak, ses bottes et s'assied à l'unique table des lieux. Alors que, des yeux, il faisait le tour de la pièce, le vieil Indien s'occupa à verser de l'eau bouillante dans une théière. Mais quand l'homme blanc découvrit, noir, immense et imposant, un gros ours assis sur le lit, il étouffa un cri. Sans dire un mot, le vieux lui servit du thé dans une tasse de porcelaine anglaise que François-Xavier eut du mal à ne pas échapper tant il tremblait. Alors le vieil Indien parla :

— Toi, pas avoir peur. L'ours est ton ami. Lui, c'est grand seigneur de la Gaspésie.

— Enchanté, fit-il poliment François-Xavier, les yeux rivés au sol tant la présence de l'ours l'impressionnait.

— Lui, il t'attend. Depuis longtemps... continua-t-il, sentencieusement.

— Ah bon?!

— Longtemps, longtemps...

— Oui, oui. Je suis un lent, vous savez, monsieur le chamane...

— Toi, tu dois pas avoir peur. T'as été choisi par Lui.

— Ah! Tiens!

— Toi, tu vas devenir le sauveur du Québec.

— Moi? fit François-Xavier en s'étouffant dans sa tasse de thé. Au fait, qu'est-ce que vous me faites boire, au juste? Votre thé a un drôle de goût fruité...

— Toi, tu bois la tisane de Vérité.

— Quoi?! Mais, mais... je dirai tout ce que vous voulez, monsieur l'Indien! fit le citoyen cosmopolite au faîte de la civilité.

Alors, le grand ours grogna quelque chose d'indéfinissable, quelque chose qui n'était pas trop de mauvais augure, espérait l'homme blanc devenu visage pâle.

— Lui, il est content de ta réponse, traduisit le vieux à la bouche édentée.

— Vous parlez l'ours? fit François-Xavier, blanc comme neige.

— Moi, je parle l'ours depuis que je suis petit petit.

173

— Ah bon?! Mais dites-moi, hoqueta l'homme blême, comment vais-je sauver le Québec...

Une fois évanoui, François-Xavier s'écroula par terre, en se laissant tomber mollement de sa chaise. L'initiation pouvait commencer; l'élu était enfin prêt à recevoir l'enseignement sacré. L'ours leva son séant du lit, grogna, grommela et gronda d'insondables paroles que le chamane traduisit en un français approximatif. Puis, au bout de ce qui sembla quelques minutes, François-Xavier, livide, retrouva peu à peu ses couleurs. Une fois remis sur pied, il décida que la séance avait assez duré. Faible, mais en colère d'avoir été drogué, il se leva, chaussa ses bottes, passa son manteau, sa tuque et ses gants et mit ses raquettes. Il respira un bon coup, ce qui finit de le remettre sur pied. Une fois dehors, il prit une branche dans le feu et partit dans la nuit, mû par une saine indignation. Choqué d'avoir ainsi été l'élu d'un ours et l'ami d'un pseudo chamane qui parlait à peine sa langue, François-Xavier s'indignait de la mise en scène dont il avait fait les frais. N'étions-nous pas au Québec, dans son propre pays, au vingt et unième siècle? Ah! C'était trop fort! Et il marcha, marcha et marcha encore, infatigable dans la tempête qui avait repris de plus belle. Dieu sait comment, il retrouva le chemin du Gîte scintillant dans les glacis de l'aube.

*

Une fois monté à sa chambre, François-Xavier entra sans bruit, se dévêtit et se coucha auprès de Marie-Thérèse, toute chaude. Il tomba dans un profond sommeil dont il mit plusieurs heures à se réveiller. Et quand il reprit connaissance, il se retrouva encore seul. Une enveloppe l'attendait sur le petit secrétaire. Un mot de Marie-Thérèse, sans doute. François-Xavier cligna des yeux et chaussa ses lunettes pour examiner l'écriture ampoulée qui avait mis son nom sur la missive. Il avait beau lire et relire son nom, François-Xavier n'arrivait pas à reconnaître cette écriture. Il abandonna la missive où il l'avait prise, puis décrocha le téléphone pour commander un déjeuner, avec un journal si possible. Il reçut ses œufs au plat, prit une première bouchée en se demandant quel jour on pouvait bien être. Et il déplia tranquillement le quotidien. Quand il y décrypta la date, François-Xavier faillit s'étouffer. Le 20 novembre ? C'était impossible ! Il ne pouvait pas avoir dormi durant deux jours ! Il alla à la fenêtre et vit que tout était blanc. Le ciel, l'horizon, le sol, la forêt, les deux voitures dans le stationnement, tout. Ouf. Il s'agissait sans doute d'une vieille édition du journal local. Il but un peu de café et termina son déjeuner. Par la suite, se décida à décacheter l'enveloppe qui attendait sur le petit bureau. Il y découvrit quelques feuillets manuscrits et une photo de Léon. Léon. Ce ne pouvait être que lui.

*

Sainte-Anne-des-Monts, 18 novembre

Viens de monter en raquettes le mont Hog's Back avec, en prime, un petit vertige une fois rendue au sommet. J'y ai vu un ours bien noir qui grognait. Il sortait d'un

175

sentier menant vers on ne sait où. Quand on baragouine, on reste chez soi. J'ai refusé de lui adresser la parole.

Ensuite, j'ai vu de drôles d'oiseaux pépier tout en voletant au-dessus de deux planchistes zébrant la pente glacée tels des oriflammes bleutés.

MT

*

Sainte-Anne-des-Monts, 19 novembre

Il neige à plein ciel depuis hier. Horizons féeriques masquant le risque. Pas de montagne dans ces conditions. Cet avant-midi, massage thérapeutique ; plus tard, je passerai à la cuisine chercher de quoi me faire un masque de beauté à base de miel, levure et concombre. En attendant, je feuillette des magazines devant le feu de bois. Joie ineffable.

FX dort encore ; il n'en finit plus de dormir. Demain, s'il fait beau, nous irons revoir Léon. FX fait le plein de sommeil, dirait-on. Le barman a suggéré qu'il était peut-être en hibernation. Je vais m'informer auprès d'un médecin de la région. Sait-on jamais ?

MT

Le fouillis des grands heurts

Quelle chimère est-ce donc que l'homme ?
Quelle nouveauté, quel monstre, quel
chaos, quel sujet de contradiction, quel
prodige !

BLAISE PASCAL

D EPUIS qu'elle s'était trouvé quelques cheveux blancs, Jenny s'était fait teindre les
cheveux en roux et elle ne portait plus que du bleu
pâle ou du vert feuille. La quarantaine avancée, elle
trouvait que cela l'avantageait et venait souligner la
consonance irlandaise de son nom. Jenny O'Brien
était serveuse dans un petit restaurant en bordure
de la plage, à Saco, dans le Maine. C'était une descendante des *Frenches,* les Franco-américains de la
Nouvelle-Angleterre. Ses grands-parents étaient
venus de la Gaspésie à la fin de la crise, dans les
années trente. Puis ils avaient fait leur vie en s'éta-
blissant à Biddeford. Tous les membres de la famille
O'Brien travaillaient dans une manufacture de tissus,
une *factrie,* comme on disait dans les petits Canadas
du Massachusetts, du Maine et du New Hampshire.
Leurs enfants parlaient français à la maison, mais
ils durent apprendre l'anglais pour aller à l'école et,
ensuite, travailler à leur tour. Et la langue s'était

éteinte peu à peu, au fil des générations, mais pas complètement.

Jenny était la fille de l'aîné, Luc O'Brien, un agent d'assurances ayant fait fortune après la guerre. Sa mère, Louise Thibodeau, était une *French* elle aussi. Par ses parents, Jenny était donc une vraie *French,* mais sa mère décida de lui apprendre à parler l'anglais dès l'enfance. Elle pensait que ça ne servait à rien, le français, quand on vivait aux États-Unis. Son père, Luc, n'était pas d'accord et tenait à la langue de ses ancêtres. C'est ainsi que Jenny O'Brien grandit dans un univers bilingue. Elle fit son *high school,* mais parlait toujours en français à la maison pour faire plaisir à son père et à ses grands-parents. Un jour, elle tomba amoureuse d'un jeune homme qui effectuait son service militaire. Après quelques années d'un mariage malheureux avec son G.I., elle divorça, n'en pouvant plus d'être battue.

Jenny abandonna le bungalow maudit avec l'idée bien arrêtée de faire sa vie comme elle l'entendait. Elle demanda le divorce, l'obtint par contumace et commença à bosser dans les restos en lavant la vaisselle. Ensuite, elle se fit amie avec les serveuses qui lui donnèrent mille et un conseils ; elle devint une des leurs en travaillant dans un bar où elle gagna un peu plus d'argent. De fil en aiguille, Jenny passa de tavernes en cafés, et de buffets *all you can eat* en restaurants plus cotés. Certains clients la racolaient, mais après ce qu'elle avait vécu, Jenny ne voulait pas se remettre en ménage tout de suite. Or, un jour, notre serveuse découvrit les sites de rencontres sur le web ; elle décida d'y remplir une fiche en spécifiant qu'elle ne buvait pas et ne voulait pas rencontrer de toxicos non plus. Elle ajouta sa photo et attendit que le poisson morde à l'hameçon.

Quelques jours plus tard, elle reçut le petit mot d'un type à peu près de son âge. Elle consulta sa fiche. Il s'appelait Jerky Bouliane. C'était un Franco-américain de quarante ans, plutôt *nice*. Sur sa photo, il avait les cheveux *bleachés* taillés en brosse, un teint hâlé, les yeux foncés ; il mesurait 5'7, n'était ni trop grand ni trop petit. Technicien dans un garage de voitures japonaises. Jenny qui avait déjà roulé en Lexus se dit que ce n'était pas si mal comme premier venu. Elle lui répondit qu'elle était intéressée. Quand il lui offrit une *date* le lundi soir suivant, elle accepta.

Content de sa prise, Jerky voulut faire les choses en grand. Il avait toujours aimé les *waitresses,* mais celle-là avait un petit quelque chose de plus qui lui plaisait. Il se demanda si le roux, c'était sa vraie couleur. Puis il passa un coup de fil pour réserver une table au Roberto's, un restaurant italien *chic and swell.* Quand elle reçut le courriel de Jerky, Jenny tapa le nom du resto dans un moteur de recherche. Elle découvrit que, sur le menu, le chef *does not use ANY salt or preservatives in his Italian recipes.* Jenny pensa que c'était une bonne chose pour le cœur, mais que c'était sans doute un indice au sujet de la mauvaise santé de son prétendant. Il souffrait peut-être de haute pression. Elle se demanda même s'il n'était pas cardiaque. Jenny avait eu un client comme ça. Le pauvre homme prenait toutes sortes de médicaments et il finit par mourir à cinquante ans. Elle se demanda si le jeu en valait vraiment la chandelle, puis elle pensa qu'il lui fallait bien se décider à rencontrer quelqu'un si elle ne voulait pas finir sa vie toute seule, comme un pichou. Alors, Jenny accepta l'invitation de Jerky. Elle verrait bien de quoi l'oiseau avait l'air une fois sur place.

*

Toute sa vie, Marina Monacello avait trimé dur pour gagner chaque sou de sa paie. Ses parents étaient des immigrants d'origine italienne. Décédés trop tôt dans un accident d'auto, ils lui léguèrent une bicoque à moitié payée, *on Main Street,* à Saco dans le Maine. Sitôt le *college* terminé, Marina dut se trouver du boulot pour rembourser l'hypothèque et les frais funéraires. Elle se rendit à l'hôtel de ville, jeta un coup d'œil au babillard et vit une petite annonce. L'huissier du palais de justice cherchait une secrétaire. Elle soumit sa candidature et obtint le poste. Trente ans plus tard, à force de gratter à gauche et à droite, Marina avait liquidé toutes les dettes contractées par ses parents et s'était enfin acheté une voiture flambant neuve.

Petite, grassette, Marina se vêtait toujours de noir, ce qui contrastait avec son teint mat, ses cheveux châtains entremêlés de fils blancs et ses yeux bleus. On ne lui connaissait pas d'amies, encore moins de petit ami. Depuis toujours, elle était assistante de l'huissier à Saco. Son patron, Ted Van Ward, était toute une pièce d'homme. Baraqué comme une armoire à glace, il portait l'uniforme avec prestance. Plus tard, quand on lui offrit le poste de commandant de police, il refusa net. Être huissier n'était pas une sinécure, mais il connaissait bien le boulot. C'était un métier moins enlevant que de poursuivre des malfaiteurs, mais Ted s'était fait une réputation, ce qui facilitait les choses. Quand il débarquait pour une saisie, il jouait toujours la même scène : il sortait d'abord sa plaque et la montrait à tout le monde pour asseoir son autorité ; ensuite, il appelait Marina avec son cellulaire ; elle sortait alors de la voiture suivie d'un policier. Elle traînait son portable pour procéder à l'inventaire. À Saco, on surnommait Ted Van Ward « Black Bird » et son assistante, « White Cat ».

Des pauvres, Marina en avait vu de toutes les sortes perdre le peu qu'ils avaient. Certains assistaient impuissants à la saisie de leur maison parce qu'ils n'arrivaient plus à payer l'hypothèque ; d'autres se faisaient saisir leur voiture pour non-paiement des mensualités ; d'autres, encore, perdaient la télévision, le cinéma maison, les meubles ou l'équipement informatique. Tout ce qui avait une valeur marchande partait dans les camions de l'huissier. Au début, Mary pleurait autant que les saisis, mais il vint un moment où elle dut se raisonner. Ces gens-là n'avaient pas payé les biens dont ils jouissaient, après tout. Il fallait donc rembourser les commerçants, sinon c'étaient eux qui feraient faillite. Dans le système capitaliste, la saisie était partie intégrante de l'ordre des choses. Au fil des ans, Marina Monacello s'était donc forgé une carapace de manière à ne plus éprouver quelque sentiment que ce soit à l'égard de quiconque. Néanmoins, souvent lasse d'assister à des scènes déchirantes, Marina se résignait à attendre dans la voiture le temps que la crise passe pour entrer en action.

Après trente ans de loyaux services, Ted Van Ward décida d'accorder une petite hausse salariale à sa vaillante secrétaire. Elle l'obtint sous forme d'un montant forfaitaire rétroactif annexé à son indemnité de congé. Sans émotion, Marina Monacello alla à la banque déposer son pécule en se demandant comment le faire fructifier. Son patron décida aussi de la récompenser pour toutes ces années de dur labeur en l'invitant au restaurant. Il se dit que, d'ici quelques années, il prendrait sa retraite et il voulait marquer le coup pendant qu'il était encore dans l'exercice de ses fonctions. Il savait qu'elle était d'origine italienne ; alors, il pensa au Roberto's. Il l'y convia pour son cinquantième anniversaire qui tombait le lundi soir suivant. Il expliqua l'affaire à sa femme qui lui dit *Go ahead!*, trop contente d'avoir pour elle seule la télé, le soir même de la finale d'une téléréalité qui la passionnait.

*

«Voir la photo de quelqu'un et le rencontrer en personne, c'est deux...», se dit Jenny en apercevant Jerky Bouliane qui stationnait sa Lexus rouge dans l'entrée du bloc. Depuis la fenêtre de son appartement, derrière la dentelle du rideau, la *waitress* aux cheveux roux vit débarquer son prétendant qui marcha en roulant des épaules jusqu'à la porte d'entrée. Il portait une veste de cuir sur un polo crème et un jeans, avec, aux pieds, des bottes de cowboy pointues dont on entendait les talons claquer sur le trottoir. Jenny passa devant le miroir, s'arrêta et, des mains, gonfla ses cheveux pour leur donner davantage de corps. Elle se mit du rouge à lèvres et quand la sonnerie se fit entendre, elle descendit dans le vestibule prendre son *trench coat* et son sac. Une fois en bas, elle se ravisa et enfila plutôt sa veste de cuir, plus confortable. Elle ouvrit la porte, salua Jerky en français et se déclara enchantée de le rencontrer. Là-dessus, ils partirent pour le Roberto's, où Jerky disait avoir l'habitude d'aller.

La voiture était rutilante de propreté. Jerky lui demanda dans un français approximatif si elle aimait les mets italiens. Jenny avoua en raffoler. Et voilà! Ils avaient désormais un point en commun, se dit Jerky qui trouvait la femme plutôt jolie. De fait, il pensait qu'elle était plutôt bien conservée. Presque sans rides ou cernes, Jenny avait les yeux vifs, le nez pointu et un peu de *freckles*. Elle portait un col roulé bleu ciel assez stylé, car il avait de petits plis qui devenaient de plus en plus gros et qui, partant du col, faisaient comme des vagues autour du cou. Finalement, Jerky lui demanda si elle était déjà allée au Roberto's. Jenny répondit que non; elle fréquentait plus souvent les pubs et les petits *diners* que les grands restaurants de la ville balnéaire. En arrêtant à un feu rouge, Jerky lui demanda :

— Hey, Jenny, kessé ça veut dire «balnéaire»?

— Ben... sur le bord de la mer?

— Ah! J'tas pas sûr! Faque, comme ça, t'as pas mal étudié, là, toé... «Balnéaire», hey!

— Ben là, pas tant que ça! Veux-tu rire de moé? J'parle in peu l'frança, des fois!

— Non, mais c'est passe que moé, j'ai rien que mon *high school,* pi après, j'ai faite le cours de mécanique. Faque y a des mots comme ça que je sais pas...

— Moé, c'est pareil. Mais je lis des livres, des fois.

— Ah! Des livres en frança? Des livres de quoi?

— Des livres en frança, des *novels* avec des histoires, là... J'aime ça. Tu lis-tu, toé?

— Moé? Je vas aux vues.

— Vas-tu au thiâtre, itou?

— Au thiâtre? Tu m'en sors une bonne, là! J'pense ben que j'y ai jamais été!

— Faudrait ben que t'essaye! C'est comme la télévision, mais en direct, tsé?

— Ouais. T'as l'air ben au courant de la culture!

Ils arrivèrent enfin au Roberto's, en même temps qu'une auto aux vitres teintées. Le voiturier était débordé. Jerky lui dit de ne pas s'énerver, qu'il allait stationner sur le bord, pas loin. Jenny trouvait Jerky pas mal *cool.* C'était probablement un vrai bon gars qui était mal tombé avec sa première femme, un peu comme elle avec son premier mari. Puis ils entrèrent au restaurant, suivis de deux autres qui étaient arrivés dans la voiture de fonction balisée aux couleurs de la mairie, un grand type assez costaud suivi d'une petite grosse à l'air bête.

*

Marina Monacello n'était pas très à l'aise sur sa petite chaise *fancy*. Toute sa vie, elle qui avait côtoyé la pauvreté, une fois assise, se mit à examiner le faste du Roberto's qui la mit mal à l'aise par toute sa magnificence. Aux murs couverts de papier peint doré, on avait suspendu des toiles représentant des scènes de plage ; or ces toiles étaient enserrées dans des cadres ornés de riches moulures. Du plafond descendait un alignement de lustres faits de cristal qui brillaient de mille feux. Au sol, les garçons de table valsaient sans bruit entre les tables, foulant d'épais tapis. Il existait donc des lieux pareils en ce monde ? Et voilà qu'à cinquante ans, elle pouvait enfin y pénétrer... Ted Van Ward mit fin à ses réflexions en lui demandant ce qu'elle voulait manger pour son anniversaire. Étonnamment, Marina Monacello n'avait pas faim. Il était plus juste de dire que tout ce luxe lui avait coupé net l'appétit. Néanmoins, elle fit un effort pour ne pas décevoir son patron et se fit servir du *prosciutto* en entrée, suivie d'un plat de *linguini Con Vongole*. Pour sa part, Ted Van Ward commanda un minestrone et un plat de veau sauté, façon *Marsala*. Il offrit une coupe de vin rouge maison à sa protégée et demanda une bière en guise d'apéro. Cela fait, il engagea la conversation sur ses trente années de secrétariat au palais de justice de Saco.

Ted Van Ward avait une bonne mémoire et quand il relevait sa capacité à affronter l'adversité, sa persistance et sa persévérance au travail, il savait ce qu'il disait. Peu habituée aux confidences de ce type, Marina Monacello resta de marbre devant autant de compliments, pendant que, des doigts, elle jouait avec ses ustensiles. On lui servit l'entrée de jambon ; à la première bouchée, Marina fondit en larmes. Elle avait retrouvé là un mets oublié depuis l'enfance. L'huissier sortit un petit paquet de papier mouchoirs et lui en tendit un ; puis, il s'attaqua à sa soupe aux légumes en se disant « Ah ! Les femmes, tout de même... » Il la questionna sur ses parents et apprit de quelle manière ils étaient disparus alors que Marina n'était encore qu'une *teenager*. La soirée se déroula sans autre anicroche, dans un genre de bonne humeur retrouvée, chacun y allant de son souvenir de la pire saisie, l'un complétant l'histoire de l'autre, en riant.

*

Quand le serveur tira la chaise pour que Jenny puisse s'asseoir, l'*ex-waitress* de *greasy spoon* fut impressionnée. Pour la première fois de sa vie, elle entrait dans le grand monde, parmi l'élite des riches qu'elle ne fréquentait jamais. Pour sa part, Jerky n'était pas impressionné par l'endroit tout en stuc et en toc. Jerky venait d'une famille qui avait accumulé une petite fortune lors de la prohibition en faisant le commerce de l'alcool de contrebande dans une ville frontalière du Québec. Il connaissait le beau, et ce Roberto's clinquant avait surtout le génie de servir des plats selon la plus pure tradition italienne. Jenny commanda des côtelettes d'agneau au romarin et lui, un filet de *haddock* avec oignons caramélisés sur un plat de *capellini*. Il lui offrit une bière en guise d'apéritif. Jenny accepta de bon gré. Et quand le garçon la lui servit, elle la vida d'un trait en puisant à même le goulot. Jerky en resta bouche bée. Puis il essaya de trouver un sujet de conversation pour meubler l'attente. En vain. Jenny n'avait pas grand-chose à dire. De fait, elle ne le trouvait plus du tout excitant, ce Jerky-là. Elle laissa tomber :

— Tsé Jerky, t'es pas ben ben mon genre ; moi les gars, j'les aime plus grands.

— Mouais ? Ben coudon... fit-il, incapable d'ajouter un traître mot à cela.

Alors, Jenny se commanda une autre bière qu'elle ingurgita de la même manière que la précédente. Et quand, en plein restaurant, Jenny appela le *waiter* en levant le bras, Jerky retourna le garçon à sa cuisine, d'où il revint avec les *linguini* et un sauté de veau qu'il leur servit. Quand Jenny lui fit remarquer qu'il s'était trompé de plats, Jerky fit venir le garçon pour lui faire comprendre l'erreur. Mais il dut reprendre son explication trois fois. Le serveur, sourd comme un pot, n'y comprenait rien, tandis qu'à la table d'à côté, Ted Van Ward et Marina Monacello finissaient le panier de petits pains en parlant de causes plus sinistres les unes que les autres.

Finalement, le sourd comprit et reprit les assiettes pour les intervertir ; il les servit à la table numéro trois, puis courut aux cuisines chercher la commande de la numéro deux. En sortant, il buta sur une marche et, tête première, s'affala sur le barman qui passait avec un plateau de flûtes à champagne pour la six. On assista à un véritable chaos où les côtelettes d'agneau s'envolèrent pour atterrir sur la sept alors que le filet de *haddock*, moins compact, s'écrasa directement sur les genoux d'une cliente de la cinq vêtue d'un élégant tailleur Chanel. Quand

Jerky vit l'étalement des mets dans la mêlée, il se leva, sortit un billet de vingt dollars qu'il inséra entre les dents de sa fourchette et fit signe à Jenny de s'en venir parce qu'ils allaient continuer leur soirée ailleurs. La *waitress,* un peu pompette, enfila sa veste en tanguant et monta dans la voiture de son prétendant. Ils s'arrêtèrent dans un *clam house* le long de la plage et avalèrent chacun deux hot-dogs avec patates frites en regardant le soleil s'étirer sur la mer. Quand elle rentra chez elle, Jenny but encore quelques bières et tomba sur son lit, saoule raide. Quant à Jerky, il ouvrit son petit calepin et raya Jenny de sa liste. Des filles, il y en avait plein l'internet. Si ce n'était pas elle, c'est que c'était une autre et celle-là, il finirait bien par la rencontrer. Il fallait mieux chercher pour la trouver.

*

Pendant ce temps, au Roberto's, alors qu'on avait sorti l'aspirateur pour nettoyer la moquette et en extirper les morceaux de verre, les miettes de nourriture et les liquides qui l'avaient aspergée, le tout au paroxysme du bruit et des cris que l'on peut imaginer, les clients filaient en douce sans demander leur reste, et Marina Monacello finissait son plat de *linguini* en rappelant comment, lors de la dernière tempête, il avait été difficile de compléter les dossiers étant donné que les principaux intéressés avaient tout perdu. Van Ward réfléchissait à ces maisons dévastées par les vents le long du littoral; il se demandait ce qu'il aurait pu faire plutôt que de renoncer aux saisies. «Décidément, fit-il en hochant de la tête, il y avait des gens qui se servaient même du déchaînement de la nature pour filer en douce.» Et Marina Monacello d'opiner du bonnet.

Quand le serveur sourd revint à leur table, en s'excusant pour les désagréments qu'ils avaient subis, Ted Van Ward leva les sourcils ne sachant trop ce dont il était question. Marina Monacello, imperturbable, répondit que la soirée avait été parfaite. Le restaurant était maintenant désert. Le serveur insista pour le repas soit à ses frais. «Jamais, répondit Ted Van Ward, jamais un garçon de table ne paiera pour mon invitée et moi-même. Jamais.» Là-dessus, il sortit un billet de cent dollars de sa poche, le claqua entre ses doigts et le lui remit. L'huissier sortit, suivi de sa secrétaire, tâchant d'éviter les nappes arrachées, les plats sens dessus dessous, les ustensiles plantés dans le tapis noyé de sauces. Marina Monacello remercia son patron pour cette soirée d'anniversaire qu'elle n'oublierait jamais. Ted Van Ward se dit content lui aussi, car ce moment de fête leur avait permis de se souvenir des affaires importantes ayant jalonné sa carrière. Enfin, chacun retourna chez soi, sans façon.

Froufrous et chichis

Les modérés s'opposent toujours modérément à la violence.

ANATOLE FRANCE

I L Y A TOUJOURS un moment difficile à passer, que l'on ait affaire à un écrivain d'expérience ou l'auteur d'un premier roman. De façon générale, plus on approche de l'impression d'un livre, plus la communication entre l'auteur et l'éditeur devient désagréable. Certains auteurs craignent la critique, d'autres les coquilles oubliées... L'éditeur compile ses notes de frais en s'arrachant les cheveux : typographie, infographie, correction d'épreuves, que sais-je. Mais ce dont je te parle ici, personne n'en est conscient le jour de la sortie du livre en librairie. Le moment le plus pénible de la relation entre un éditeur et son auteur est toujours celui de la remise des épreuves.

Après quelques mois à jouer tous les rôles, je n'en pouvais plus. Je n'étais plus très jeune, et mes auteurs ne l'étaient pas non plus, bien qu'il y en ait eu à leurs premières armes en matière de littérature.

Or, ma maison d'édition prenait de l'expansion et je devais allouer de plus en plus de temps à sa gestion, notamment aux innombrables demandes de subvention. Il me fallait trouver une personne maîtrisant parfaitement la langue, une personne connaissant la grammaire sur le bout de ses doigts, une personne qui serait plus compétente qu'un correcteur électronique, bref une personne rare qui, jusque-là, m'était inconnue. J'avais besoin de quelqu'un qui soit capable de faire en sorte que le manuscrit atteigne le fameux point d'achèvement sans que l'entreprise tourne à la foire d'empoigne ou conduise à la crise de nerfs.

Je mis d'abord une petite annonce dans le journal. Je reçus une secrétaire qui ne connaissait pas grand-chose à la littérature, deux correcteurs d'épreuves dont l'un se remettait d'un *burnout*, un professeur de français à la retraite qui trouvait le temps long et un journaliste mis à pied aux fins de restructuration. De guerre lasse, je téléphonai au centre d'emploi afin de mettre à contribution le savoir-faire des fonctionnaires du ministère du Travail avant de me lancer dans les dépenses et de me résigner à faire appel à une agence privée pourvue de rabatteurs et autres chasseurs de têtes.

Quand j'engageai Marie V., ma maison prit du mieux. C'était une jeune femme du Lac-Saint-Jean au caractère bien trempé. Elle dégageait l'impression de toujours savoir ce qu'elle voulait. Son assurance me plut tout de suite. Et je pensai, avec raison, qu'elle mettrait un peu d'ordre dans mes affaires qui, sans être brouillonnes, comportaient un aspect artisanal qui transformait bien souvent la salle de travail en un triste fatras. Façonnée par de nombreuses années d'études universitaires, Marie V. lisait le latin, se débrouillait en anglais, et, surtout, avait une maîtrise impeccable du français. Elle l'avait appris à l'Université de Chicoutimi. Le centre d'emploi me l'envoya et, lors de l'entrevue, je pus évaluer ses compétences en lui soumettant les deux premières pages d'un vieux manuscrit qu'elle devait corriger. Par la suite, en entrevue, je lui posai quelques questions d'ordre personnel. Elle se déclara catholique. « Moi qui vous pensais bouddhiste ! » fis-je à la blague. Ma répartie ne l'amusa pas du tout. Je compris alors qu'elle ne riait pas avec ces choses-là. Puis je continuai à sourire, benoîtement. Elle me jeta un regard noir. Je m'excusai en l'assurant du fait que la question religieuse n'avait rien à voir avec le poste que je cherchais à pourvoir. Puis je changeai de sujet en prenant un air plus sérieux.

Je lui demandai comment une personne détenant une maîtrise en communication pouvait accepter l'emploi que j'offrais compte tenu du salaire qui y était attaché. Elle m'expliqua que, peu après son arrivée à Montréal, elle avait entrepris des démarches pour faire reconnaître ses compétences. Or les fonctionnaires du ministère de l'Éducation semblèrent négliger sa demande en matière de reconnaissances des acquis puisque, un an et demi plus tard, son dernier diplôme n'avait toujours pas été reconnu. Or il fallait bien qu'elle gagne sa vie. Marie V. m'expliqua s'être résignée à recevoir un salaire moindre pour autant qu'elle occupât quelque tâche correspondant à ses aspirations. Satisfait de ses réponses, je décidai de l'engager sur le champ. Dans une maison d'édition, il n'y a rien de plus important qu'une bonne adjointe à la production.

Dès son arrivée, Marie V. élabora un calendrier pour chacun des livres ; elle mit sur pied un système de classement pour ordonner les manuscrits reçus ou refusés par nos différents comités de lecture ; enfin, elle créa une banque de collaborateurs en tout genre (graphisme, correction de texte et d'épreuves, infographie, typographie, etc.). Bref, c'était la personne d'exception que je cherchais et dont j'appréciais chaque jour le travail. Évidemment, une personne aussi compétente occupe un certain espace, mais, dans l'ensemble, je puis dire qu'elle s'est bien intégrée à la petite famille que nous formions.

*

Un jour, ma comptable vint me voir, un peu effarée. C'était un jeudi en fin de journée. Elle venait d'apprendre certaines choses qu'un patron devait connaître au sujet d'un de ses employés. Je la trouvai alarmiste et lui dis de venir me voir en fin d'avant-midi pour m'en parler davantage. Ce qu'elle fit. Elle entra dans mon bureau, les traits tirés, les yeux rougis, un mouchoir à la main. Je l'invitai à s'asseoir et lui demandai ce qui se passait. Roseline gérait la comptabilité de la maison depuis ses débuts. Jusque-là, elle avait fait un travail impeccable et j'avais confiance en son jugement. C'était une femme à l'esprit pratique et au caractère égal. Je craignais qu'elle n'ait trouvé quelque vieux compte à découvert. En s'assoyant, Roseline s'essuya les yeux et tira sur sa jupe, par réflexe. Après deux courtes respirations, elle vida son sac. Je restai saisi ; de fait, ses dires me laissèrent interloqué. Puis je lui dis de sortir et, d'un signe, lui laissai entendre que j'allais y penser. Une fois seul, je passai de longues minutes à mon bureau à me croiser et me décroiser les doigts, frottant les verres de mes lunettes d'un petit carré de chamoisine ; enfin, je m'animai, je rangeai mes crayons et je triai les papiers, je plaçai les documents en pile, toujours pantois, les lunettes de guingois.

Le lendemain, après avoir viré un fâcheux dont les visites impromptues m'agaçaient de plus en plus, je convoquai Marie V. Elle se présenta, vêtue d'une jupe noire et d'un chemisier à fleurs rouges, les cheveux ramassés en chignon et maintenus par un foulard coloré, à peine maquillée. De but en blanc, je lui dis avoir eu vent d'un événement grave la concernant. Elle ouvrit grand les yeux. Il s'agissait, dis-je, d'un fait s'étant produit dans son coin de pays. J'ajoutai un dernier élément : avant son arrivée à Montréal... Elle ouvrit la bouche, sachant visiblement ce dont il s'agissait. Elle sembla s'effondrer intérieurement. Elle ferma les yeux, la bouche et laissa ses épaules tomber. Un voile sombre passa sur son visage. Je lui dis que la chose était assez sérieuse pour que j'obtienne d'elle, à titre d'employeur, davantage d'explications à cet effet. Les lèvres serrées, les yeux au sol, Marie s'efforça de réprimer une violente émotion. Puis elle leva les yeux, nos regards se croisèrent et je la vis revenir à elle avec une lenteur que je ne lui connaissais pas, elle si prompte, à l'habitude. Finalement, Marie s'effondra en larmes sous mes yeux. Elle se mit à me raconter son histoire en hoquetant.

« Quand j'étais adolescente, il y avait un gang de rue semant la terreur dans ma polyvalente. Ils vendaient de la drogue, volaient des voitures et pratiquaient l'intimidation chez les filles. En fait, ils visaient surtout celles qui étudiaient. Nous avions formé un groupe pour nous entraider, nous voulions réussir. Vous savez, c'est comme n'importe où ailleurs : quand une fille a du talent et qu'elle prend les moyens pour réussir, elle dérange ceux qui sèchent leurs cours. Et puis, un jour, une des filles du groupe s'est fait violer. L'année suivante, ce fut le tour d'une autre fille. J'étais terrifiée. J'étais devenue l'une de leurs cibles. Alors, soutenue financièrement par mes parents, je suis partie faire mon cégep dans une autre ville pour leur échapper. Ils ont vraisemblablement perdu ma trace. Par la suite, j'ai pu poursuivre tranquillement mes études universitaires sans être inquiétée.

« Un après-midi, après mes cours, alors que je revenais chez moi, un type me sauta dessus dans un couloir désert menant à la sortie du pavillon. Cela se passa très vite, comme cela se passe toujours dans ces moments-là. Il vint vers moi avec son couteau, prêt à me défigurer. Je ne voyais que la lame qui brillait devant un visage que je n'eus pas le temps d'identifier. Je fis semblant de courir, puis je me retournai brusquement. Sous la surprise, il trébucha et alla s'aplatir sur le sol. Une mare de sang commença à se former sous lui. Il avait dû tomber sur son couteau. Quand j'ai vu qu'il faiblissait, je suis partie en courant, sans demander mon reste. Une fois à la maison, j'ai raconté à ma mère ce qui m'était arrivé. Le soir venu, elle m'a demandé de le répéter à mon père. Après, mes parents ont ramassé de l'argent auprès de la famille et m'ont acheté un billet d'autobus pour Montréal. Ils m'ont dit que, dorénavant, c'est là que je vivrais. Ils me parlèrent de nos cousins qui habitaient la grande ville. J'ai fait ma valise.

«Le lendemain, quand je suis arrivée, la neige tombait à plein ciel. La famille du côté de mon père est venue me chercher au terminus. Mes tantes m'ont réconfortée. C'est ainsi que j'ai passé mon premier hiver. J'ai mis du temps à m'acclimater, mais j'ai réussi à terminer la rédaction de mon mémoire dans les délais. J'ai l'envoyé par internet à mon directeur. Il m'a écrit pour me faire part de ses commentaires; dans l'ensemble, les trois lecteurs du jury ayant à évaluer mon mémoire se montrèrent fort satisfaits des résultats. Ils me donnèrent un A pour mon essai intitulé *La concurrence entre le livre électronique et le livre de papier : étude de cas d'auteurs de la Sagamie.*

«Plus tard, au printemps, j'ai commencé à chercher un job. On m'a offert un emploi à Saint-Jérôme. Je faisais du travail de secrétaire dans une compagnie de biscuits. J'ai vécu du rejet à cause de mon accent. Les gens disaient que je parlais trop bien, que je n'étais pas comme eux. Ils m'évitaient du regard. J'étais comme une étrangère et ils m'ont traitée comme telle. Finalement, lors d'une soirée à la Chambre de commerce, j'ai rencontré un gestionnaire dans une compagnie de maisons usinées.

Le type avait beaucoup voyagé. On s'est plu et, finalement, je l'ai épousé. J'ai dit à mon mari que je préférais travailler à Montréal. J'ai accepté l'emploi que vous m'avez offert l'an passé. Je suis si contente de travailler ici! Je ne suis pas une criminelle. Et j'étais en état de légitime défense. Ne me jetez pas, monsieur! J'aime ce travail! J'en ai besoin pour gagner ma vie! Je vous en prie!»

— Écoutez, Marie, je vais y penser en fin de semaine. Je vous dirai lundi quelle est la décision que j'ai prise à votre sujet. Veuillez me laisser. Je dois vraiment réfléchir à tout ça. Mon Dieu. Quelle affaire! Au fait, vous ne vous êtes jamais inquiétée pour cet homme?

— Monsieur, on ne s'inquiète pas pour celui qui voulait vous tuer...

— Bon. Maintenant, retournez travailler et ne dites plus un mot de cette histoire à personne. Pour l'amour de Dieu!

*

Le lundi suivant, à la première heure, Marie vint me voir. J'avais décidé de passer l'éponge sur cette étrange et sinistre histoire qu'il m'était impossible de vérifier de quelque manière que ce soit. Marie venait d'une autre région, une région où régnaient d'autres mœurs et d'autres types de relations humaines... Sans parler du fait qu'elle pouvait bien avoir inventé tout ça pour se rendre intéressante auprès de Roseline. Qui sait? Alors, je lui dis simplement qu'on allait oublier cet «incident». Je précisai que je ne voulais plus jamais entendre parler de cette affaire et que cela relevait de sa vie privée. Ensuite, je changeai de sujet en lui demandant de m'apporter les épreuves du manuscrit qui partait à l'impression. C'était un livre de psycho pop qui allait faire un malheur. Un éditeur sent ces choses-là. L'auteur expliquait les relations entre les hommes et les femmes en utilisant les principes de la chimie, étant même allé jusqu'à créer un tableau des éléments amoureux. Marie m'apporta le jeu d'épreuves dont elle avait achevé les corrections avec l'auteur, un astrologue particulièrement rébarbatif à l'usage des virgules.

Je lus quelques pages en diagonale et la félicitai. Grâce à Marie, les phrases avaient repris forme et le respect des règles accroissait leur lisibilité. Enfin, je lui demandai une dernière chose.

— Ce type qui vient continuellement me voir... Comment s'appelle-t-il, déjà?

— Roger Cinq-Mars? Il est venu hier. Je lui ai dit que vous n'étiez pas là.

— Écoutez, si vous pouviez trouver un moyen de m'en débarrasser... je ne sais pas... j'aimerais bien qu'il cesse de m'embêter chaque jour avec ses propositions de romans ésotériques...

— Cela frise le harcèlement, Monsieur, c'est vrai, fit-elle, le regard fixe.

— Je n'en peux plus, Marie. À chaque fois qu'il entre dans mon bureau, il a de nouvelles idées encore plus folles que celles dont il m'avait déjà parlé et que j'avais refusées... Bon sang... ça n'en finira jamais...

— S'il revient, je le tue, dit-elle sur un ton sans réplique.

La vieille quérulente

*Certains ont des malheurs; d'autres,
des obsessions. Lesquels sont les plus à
plaindre?*

E.M. CIORAN

L
A FEMME DEVANT LUI était vieille et aigrie;
on pouvait le constater à sa maigreur, aux rides
profondes sillonnant son visage, à son regard dur
et sa manière de parler dru. Sur le dossier que la
secrétaire lui avait apporté, il lut qu'elle s'appelait
Monique Casgrain, et que, d'après sa date de naissance, elle avait soixante-dix-huit ans bien sonnés.
Une note indiquait que la vieille dame se plaisait à
reprocher à quiconque la moindre peccadille. Il lui
demanda quel avait été son métier. Elle répondit
avoir travaillé dans l'édition toute sa vie en tant que
correctrice d'épreuves, c'est pourquoi elle savait;
or, quand on sait, on doit corriger. Quand il lui fit
remarquer qu'il était difficile de converser avec elle,
elle argua que c'était une question de déformation
professionnelle. On ne pouvait pas lui en vouloir de
savoir. Et puis, il fallait bien que quelqu'un remette
les choses en ordre, sinon jusqu'où iraient l'erreur et
l'incompétence? Mais voilà, pensa le médecin,

la vie n'est ni un texte à refaire ni un roman à peaufiner...

*

Dans la maison pour aînés où elle logeait, les autres locataires la fuyaient littéralement. Monique Casgrain rouspétait à propos de tout et de rien, asticotant l'une au sujet de sa robe, commentant les difficultés d'élocution d'un autre ou critiquant l'époussetage de la préposée qu'elle menaçait de dénoncer si elle découvrait quelque trace de poussière. Bref, Monique Casgrain était considérée comme une chipie, une harpie, un monstre insatiable. À l'entendre, elle n'avait connu l'amour qu'une fois auprès d'un grand artiste, un type aujourd'hui oublié, plus connu en son temps pour ses frasques que pour une œuvre, hélas, marquée par la dépression, et à laquelle une mort prématurée avait mis fin. Inconsolable, Monique Casgrain ne rencontra plus personne qui l'intéressât, la contentât ou la séduisît. Le monde devint un désert qu'elle meubla en nourrissant une passion folle pour la perfection de la langue française.

Elle continuait sa vie de correctrice, épiant chaque phrase pour y déceler d'éventuels anglicismes, solécismes, barbarismes, ou, pire, de vicieux pléonasmes. Mais ce qui déclenchait sa furie restait l'impropriété de termes et les usages fautifs. Elle passait sa vie à en ressasser la liste sur le site web de l'Office de la langue québécoise qui en dressait un bel étalage. Elle avait déjà voulu y travailler et, quand un poste de linguiste s'y ouvrit, on publia une annonce dans un grand quotidien. Elle décida de «postuler» en pestant contre ce verbe si peu élégant auquel elle préférait «soumettre sa candidature». Hélas, souffrant d'hypercorrection, Monique Casgrain ne réussit ni le test ni l'entrevue tant elle s'obstinait avec chacun des membres du comité. Monique Casgrain avait le profil des grammairiens d'avant-guerre; le génie de la langue lui échappait parce qu'elle tiquait sur chaque détail qui lui paraissait suspect. S'acharnant sur les règles et l'aspect normatif, Monique Casgrain perdait de vue le langage, son caractère évolutif, qu'elle jugeait fautif et en proie au délabrement généralisé. Pour elle, la langue française n'évoluait pas et les canadianismes n'existaient pas. Foutaise de fédéralistes qui politisaient la langue en l'extirpant de ses origines. Quant aux québécismes, il ne fallait même pas y penser. En tripatouillant la langue française, les fonctionnaires du Conseil des arts, autre aberration à la solde du parti séparatiste, avaient avoué leurs basses œuvres, en prétextant l'évolution de la langue en terre d'Amérique.

Dès lors, Mme Casgrain développa une posture psychorigide à l'égard de la langue et déclara à quiconque que la linguistique était une supercherie de l'État contribuant à emmêler les Québécois, le seul peuple francophone d'Amérique digne de ce nom. Il y avait quelque chose d'un peu fou dans cette prise de position, mais elle plut à quelques-uns qui l'invitèrent à développer son idée. Elle projeta alors d'écrire un essai venant étayer son postulat, mit des années à l'écrire et, quand un éditeur accepta de le publier, sa maison fit faillite tant et si bien que son livre ne vit jamais le jour. Dépitée,

elle se publia à compte d'auteur. Elle perdit beaucoup d'argent dans la réalisation de son projet, car
elle ne connaissait rien à l'édition ni à l'imprimerie,
mais, comme c'est souvent le cas dans l'autopubli-
cation, elle y gagna des quantités impressionnantes
de livres qu'elle entreposa dans une pièce. Bref, à
cinquante-cinq ans, Monique Casgrain resta prise
avec des centaines d'exemplaires. Enfin, le temps
passa et on oublia l'essai que peu de gens avaient
remarqué au demeurant.

*

Un jour, Monique Casgrain offrit ses services à une
nouvelle maison d'édition lancée par un jeune couple
d'universitaires épris de littérature. Elle y corrigea
quelques manuscrits, faisant bien attention d'en faire
trop, sans toutefois en laisser passer pour autant.
C'est au faîte de cette périlleuse gymnastique que
Mme Casgrain atteignit le juste milieu. Très heureux
d'être tombés sur une perle, les universifiés finirent
par apprendre que Mme Casgrain avait commis un
essai, hélas passé inaperçu. La femme le lut et le
trouva drôlement décoiffant. Elle en parla à son
conjoint. Ils lui offrirent de le republier. Monique
Casgrain accepta et se mit en frais de revoir son
opuscule afin d'en extirper d'ultimes erreurs. Elle
y passa des jours et des nuits.

Le manuscrit relu, revu et mille fois corrigé, elle
présenta au jeune couple l'œuvre parfaite. Ils lui
proposèrent un contrat qu'elle signa. Or, simulta-
nément, les jeunes eurent maille à partir avec leur
distributeur. Ce dernier les sommait de payer une

note imprévue allant dans les cinq chiffres : celle des « retours de livres » que les libraires ne voulaient pas garder en rayons. C'est ainsi que les deux jeunes éditeurs se firent enfirouaper ; ils durent déposer leur bilan après deux ans, faute d'argent. Faillite. Le mot était fâcheux. Pour l'éviter, il s'agissait de vendre la maison d'édition à un tiers, plus avisé des pratiques marchandes d'un milieu qu'ils avaient idéalisé. Ils trouvèrent un acheteur et lui cédèrent tout, contrats des œuvres à venir en sus. Le livre de Mme Casgrain était du lot puisqu'elle avait signé un contrat.

Choquée par la vente de la maison, Mme Casgrain le fut davantage en apprenant que le nouvel éditeur allait en publier d'autres qu'elle, et qu'il préférait des fictions à son essai besogneux. Ce pour quoi elle décida de le poursuivre. Elle alla voir un avocat de son quartier, lui raconta l'affaire par le menu et ce dernier bricola une mise en demeure qu'il achemina par messagerie à qui de droit. S'il ne connaissait pas grand-chose à l'édition, pour les contrats, par contre, il savait. La promesse de publication n'avait pas été tenue. Il fallait donc que l'éditeur s'y plie. Sa signature en faisant foi. Mais voilà, ce n'était pas si simple. Et quand Mme Casgrain vit, après des mois d'attente, de délais et de procédures, qu'elle n'aurait pas gain de cause, elle fit une colère noire. Son échec était redevable à une question de destinataire. Elle n'avait pas poursuivi la bonne personne ! Folle de rage, Monique Casgrain se retourna donc contre les jeunes qui avaient voulu la publier ; c'est avec eux qu'elle avait un lien d'affaires. Après des mois d'attente, de délais et de procédures qui s'éternisaient, Mme Casgrain finit par obtenir un arrangement à l'amiable et soutira au jeune couple désargenté quelques centaines de dollars. Forte de sa victoire, elle se jura que, dorénavant, quiconque la laisserait tomber le payerait.

*

Il y eut plusieurs procès. La Cour de la petite ville affichait régulièrement une cause au nom de la demanderesse Casgrain. Il y eut quelques affaires auxquelles le journaliste attaché au palais de justice s'intéressa et dont il traita dans le canard local. Au départ, les gens virent en Mme Casgrain une victime qui avait décidé de se battre ; mais au fil du temps et des causes, on commença à douter. Finalement, quand elle s'attaqua à la clinique du vétérinaire, des voix s'élevèrent pour contester la pertinence de sa démarche. Après tout, Monique Casgrain n'avait jamais eu d'animaux de compagnie. Elle avait poursuivi le vétérinaire pour la piètre qualité des soins qu'il apportait aux animaux, dont un énorme chien qu'il avait soigné et qui, depuis lors, jappait à fendre l'âme dans la cour de son voisin. Ses aboiements incessants l'empêchaient de dormir, la privant de la jouissance d'un sommeil réparateur. C'était trop fort ! Alors, les gens commencèrent à l'éviter...

Mise au ban de la communauté, Monique Casgrain continua son manège jusqu'au jour où elle voulut entreprendre une poursuite collective contre un éditeur pour avoir laissé trop de fautes dans un livre qu'elle avait acheté. La plainte portait sur une dizaine de détails qui, selon la demanderesse, constituaient un tel étalage d'erreurs qu'ils rendaient l'œuvre parfaitement illisible. Mme Casgrain avait notamment relevé l'utilisation fautive de certains verbes : à la page cinquante-quatre, le verbe « réaliser » signifiant « prendre conscience » constituait un anglicisme imbuvable ; plus loin, à la page soixante-deux, il ne fallait pas écrire « référer un patient à un spécialiste », mais bien plutôt « l'adresser à un psy » ; à la page soixante-quinze, écrire qu'un tel « se méritait une récompense » était incorrect, car si on « se méritait une correction pour ses fautes », on « méritait », sans particule pronominale, « ledit honneur », et ainsi de suite.

Quand il reçut la requête de la demanderesse, l'éditeur Deneuve expliqua à son avocat que cette manière de chipoter à cause des québécismes avait quelque chose de tordu. La langue évoluait ; et l'Office de la langue québécoise ne détenait pas la vérité. Il sortit le dossier de celle qui le poursuivait et recontacta son avocat pour dîner d'affaires. Ce dernier suggéra de demander une évaluation médicale de la plaignante afin de savoir si elle était en assez bonne santé pour formuler des accusations sensées. Il y eut rencontres et correspondance entre les hommes de robe. L'avocat de quartier donna un coup de fil à sa cliente pour lui apprendre la nouvelle. Outrée, Mme Casgrain jura qu'elle avait une santé de fer, que n'importe quel médecin pouvait en témoigner et qu'il fallait continuer à se battre contre cet éditeur véreux dont l'incompétence linguistique frisait l'indécence. Oui, elle pourrait produire tous les affidavits que la partie défenderesse demandait! Rassuré par la combativité de sa cliente, l'avocat se frotta les mains et repartit de plus belle dans son affaire.

*

Le Dr Lalonde était médecin-gériatre depuis plus de vingt ans et connaissait bien cette pathologie. Il en avait diagnostiqué quelques cas, déjà. Il avait fait passer une série de tests assez concluants à Mme Casgrain. Sauf exception, les vieilles personnes en proie à la confusion et éternellement insatisfaites en étaient à la deuxième phase de la grande maladie de l'oubli. Et, en raison de leurs sautes d'humeur, il était bien difficile de leur faire suivre quelque thérapie tant elles se choquaient, s'emportant pour un oui ou pour un non. C'était une maladie dévastatrice qui surgissait quand on s'y attendait le moins et finissait par se développer rapidement. Or, le Dr Lalonde trouvait le cas de Mme Casgrain d'autant plus triste qu'elle se mettait tout son entourage à dos; comme elle n'avait pas de famille, il n'y avait personne pour la soutenir dans son grand âge, ce qui aurait pu faire en sorte de l'encourager à conserver son autonomie le plus longtemps possible.

Il relut la requête du tribunal. Cette affaire de procès ne tenait pas la route. La cause avait traîné et plusieurs années s'étaient écoulées entre le dépôt de la plainte et sa présentation à la Cour. Le Dr Lalonde relut les résultats des tests médicaux, revit la dernière radio du cerveau de sa patiente. Le diagnostic était clair. Il la déclara inapte à témoigner à son procès. Selon lui, il ne lui restait encore que quelques années à vivre, et c'est à regret qu'il lui fallait remplir une demande pour la placer sous la protection du Curateur public.

— Mme Casgrain, je vais remplir une demande officielle pour que vous soyez prise en charge par l'État.

— Mais pourquoi donc? Je n'ai besoin de personne! Et puis je ne veux pas de protecteur! Je suis très bien capable de me protéger moi-même! Ce n'est pas parce que je suis une femme que j'ai besoin d'être protégée! Je ne suis ni faible ni malade, espèce de macho! rouspéta-t-elle, dressée sur ses ergots.

— Écoutez, Mme Casgrain, je dois vous dire que, depuis votre dernier rendez-vous, la maladie a continué à se développer.

— Malade? Je ne suis pas malade! Je dors très bien, je mange bien, je chie bien. Foutez-moi la paix avec vos prescriptions et vos ordonnances! Vos médicaments, je n'en veux pas! Je vais vous dire une chose, docteur : non seulement je n'en veux pas, mais vos médicaments, je ne les prendrai pas non plus! C'est de la drogue pour m'endormir, m'abrutir et me rendre servile. Jamais votre médecine n'aura le dessus sur moi! Jamais, vous m'entendez?

— Oh là là! Mme Casgrain, vous ne me facilitez pas la tâche... La responsable de la maison où vous logez m'a dit que vous vous chicaniez avec tout le monde, que vous oubliiez la plupart des heures de repas, qu'il fallait aller vous chercher dans votre chambre où vous vous isoliez à journée longue...

— Mais vous n'avez aucune preuve! Et puis, cette logeuse, c'est une courailleuse. Elle charme les vieux pour faire de la captation d'héritage!

— Voyons, Mme Casgrain ! Mme Louise Cayouette est mariée, c'est une personne sérieuse et responsable. Bon. Il faut que je remplisse la demande pour que vous soyez prise en charge par l'État, car il n'y a personne pour vous aider. Vous n'êtes plus très jeune, Mme Casgrain. Et il faut voir à protéger vos avoirs avant que certaines personnes moins bien intentionnées vident votre compte de banque.

— Pensez-vous que je sois mal entourée, docteur ? fit la vieille avec surprise, affectant soudain une vulnérabilité que peu lui connaissaient.

— La curatelle publique verra à ce que votre loyer soit payé tous les mois, par exemple. Ensuite, si vous tombez malade, on prendra soin de vous, si vous n'êtes plus en mesure de le faire vous-même. À moins, bien sûr, que vous ayez de la famille... mais ce n'est pas le cas, non ?

— Non. Je n'ai personne. D'ailleurs, j'en aurais que je ne voudrais pas les voir.

— Un instant, Mme Casgrain. Avez-vous, oui ou non, quelqu'un dans votre famille qui puisse prendre soin de vous, si besoin est ?

— Je le saurais que je ne vous le dirais pas, fit la vieille en faisant la grimace.

— Mme Casgrain, vous ne m'aidez pas à prendre soin de vous !

— Je m'arrangerai toute seule. Je n'ai besoin de personne.

— Bon. Alors, je vais remplir la requête au complet et si jamais vous avez besoin d'être prise en charge, votre logeuse n'aura qu'à acheminer les documents au ministère. Pour le reste, vous n'avez pas d'autres... inconforts ? Vous dormez bien ? Vous n'avez pas de problème de vision... ni d'audition ?

— Je dors sur mes deux oreilles. Je vois ce que j'ai à voir. Et, comme vous pouvez le constater, à moins d'être un gros bêta, je suis en excellente santé.

— Bon. Alors, bonne journée, Mme Casgrain. Je vous donne un rendez-vous dans six mois, afin de suivre la progression de votre... santé.

— Vous allez voir si je vais bien ! Tsss ! Ce n'est pas de la médecine que vous faites, c'est du brassage de papier !

*

Là-dessus, la grébiche, percluse de rhumatismes, se leva lentement, prit son sac, son manteau et sortit en se demandant où elle était. Une fois rendue dans la salle d'attente, une femme d'âge mûr se leva, s'approcha et lui offrit de la reconduire chez elle. Ce que Mme Casgrain accepta, ne sachant trop qui était cette personne, ni où elle habitait de toute façon.

Agathe et Néron

L'appétit vient en mangeant.
Dicton populaire

I L AVAIT ÉCRIT une ou deux fariboles sur son dazibao public ; elle en avait écrit autant et puis plus rien plusieurs jours durant. Agathe ne faisait pas dans la dentelle quand elle clavardait avec les mecs sur internet. Elle ne prenait pas le temps de visiter la fiche personnelle de tout et chacun. Elle leur répondait spontanément, voilà tout. Agathe aimait l'intensité, le *rush* des heures de tombée et la foule du Boxing Day. Après quelques minutes de taï-chi ou de yoga, on la retrouvait endormie sur le tatami du gym qu'elle fréquentait tous les week-ends.

Or, il s'appelait Néron et il avait ceci de particulier qu'il était gros. Non pas gras à la manière des buveurs de bière qui changeaient de physionomie au fur et à mesure des années d'une consommation constante et abondante de houblon. Non. Néron n'avait pas l'air d'un homme enceint, mais avait tout de l'obèse sumoïforme, les traits mongoloïdes en moins, une étrange pilosité hirsute lui servant de chevelure en sus. Quand il l'invita à dîner pour parler affaires, Agathe jeta un coup d'œil à son agenda – puis accepta tout de suite, histoire de remplir un vide.

Le café où il l'avait invitée n'avait rien d'un restauvite empestant la frite et le hambourgeois ni d'un *cocktail-lounge* où de longilignes silhouettes pavoisaient en sirotant un tonique flétri. C'était un lieu vaguement suranné mi-pâtisserie, mi-bar à salade. Néron l'attendait en étudiant sa fiche sur le site de réseautage et il avait noté dans son petit carnet le vocable « santé » dont on ne savait trop s'il s'agissait d'un nom, d'un adverbe ou de quelque superlatif à la mode comme il y en avait tant. Voulait-il dire qu'elle privilégiait la santé ; qu'elle était en santé, ou, encore, qu'elle se nourrissait de machins bios, vitaminés ou santé ?

En fait, ces derniers temps, Néron déprimait. Ses errances sur le web l'avaient plongé dans une morosité que l'écriture d'Agathe avait secouée. Son pimpant babil lui avait délié l'esprit et l'avait diverti de ses grommellements d'ours mal léché. Il y avait bien eu la visite d'une ou deux charmantes personnes dans sa boîte vocale. Cela s'était matérialisé le temps d'un apéro, mais s'il s'en était amusé, rien de plus. Néron n'avait pas connu le gong caractéristique du grand choc amoureux et s'en lamentait avec mélancolie. Les dimanches blancs de l'hiver lent neigeaient à n'en plus finir.

Pour sa part, Agathe n'aimait plus personne depuis longtemps, mais sa vacuité psychoaffective ne l'occupait pas tant que le maintien de son sommeil, car – oui – Agathe souffrait d'insomnie depuis des lustres et des balustres. Elle inscrivit le lieu et le moment du rendez-vous en se demandant pourquoi lui plutôt que rien; ne trouvant pas de réponse, elle choisit d'aller vers lui. Entre Néron, si plein, et elle, si vide, on aurait pu se poser la question : qui le premier allait avaler l'autre? On pouvait répondre que, à ce chapitre, Néron jouissait d'un préjugé favorable étant donné sa propension à outremanger.

*

Dès qu'il la vit, Néron fut séduit. Elle cligna des yeux, passant du soleil à l'ombre en un coup de vent, et distingua une masse noire logée tout au fond du café. Elle s'approcha et demanda «Néron?», ce à quoi une paire d'yeux cligna pour passer de l'écran, où sa photo trônait, à sa petite personne plantée bien droit devant. Attablé derrière son portable, au fond, Néron s'était assis dos au mur, face à quiconque poussait la porte d'entrée, comme dans les westerns. Ne manquait plus que le flingue, pensa Agathe, nerveuse et rendue mal à l'aise par l'ogre qui déploya son bras pour lui tendre une menotte aux doigts fins et déliés. Signe de raffinement, pensa-t-elle avec étonnement.

Il se présenta, ferma son portable, poussa sa tasse de thé, sortit son cellulaire, se mit en mode vibrato, lui offrit un verre d'eau, puis l'entretint de mille et une petites choses sans intérêt afin de mettre la table. Agathe but tranquillement le contenu de son verre, croqua les petits glaçons en plongeant son regard dans le sien. Elle espérait qu'il lui laisse un peu d'espace pour opiner du bonnet ou, à défaut de lui donner le change, lui répondre de quelque manière. Et puis elle avait si faim. Ne l'avait-il pas invité à manger? Elle se demanda s'il avait décidé de la manger. L'idée la fit pouffer d'un rire qu'elle réprima en transformant la chose en un toussotement. Néron la trouvait pétillante, amusante, jolie comme tout. Il l'aima tout de suite, entièrement, follement. Transporté dans un état second, il lui déclara tout de go qu'elle était la femme de sa vie. Oui. Stupéfaite, Agathe se figea sur place. Elle, la femme de sa vie. Ciel. Montagne. Mer. Océan. Nuage. Que dire? Que faire? Elle passa de l'étonnement le plus vif à l'embarras le plus total. Il faut dire qu'Agathe n'avait l'air de rien. C'était une petite brune sans intérêt, une châtaine aux yeux mauves et au teint clair comme il y en a tant dans les contrées nordiques. Oui, elle avait du nerf, assez pour comprendre qu'elle avait aussi du chien, mais sans plus, car elle ne se mouillait jamais. De fait, Agathe était incapable d'attachement. Enfin, c'est ce que ses ex disaient à son sujet. Mais les dires et médires des ex, comment s'y fier et s'y frotter sans se piquer? Ainsi donc, elle était la femme de sa vie. Elle répondit sèchement : «Et suis-je condamnée à l'amour et l'eau fraîche pour autant? Parce que j'ai faim, messire, et je prendrais bien un petit cappucino en attendant le dîner.» Néron lui tendit le menu. Il comprit qu'il devrait étendre sur plusieurs rencontres ce qu'il avait conçu pour cette fois-ci – une fois, merci, bonjour et il se dit qu'il finirait bien par l'avoir à force de la voir, bref qu'il l'aurait à l'usure.

De son côté, Agathe sortit du café le rose aux joues, la tête en feu. Dès qu'il lui avait avoué sa flamme, un voyant rouge s'était allumé en elle et avait envoyé une décharge fulgurante depuis la périphérie du cerveau jusqu'à l'épicentre du système nerveux central, une décharge lumineuse venant irradier son corps calleux. Agathe ne souffrait ni le désordre émotif ni les envolées romantico sentimentales. Elle se jura de le mettre au pas, voire de le tenir en respect. Pour arriver à cette fin, elle avait mis une technique au point, car Agathe connaissait l'idiome des hominidés, le sabir du fric, pidgin de l'argent conçu à partir d'une double articulation où se croisent pour se décroiser l'actif, le passif, les gains, dividendes et autres comptes en souffrance... Agathe le tiendrait par l'argent; il n'y avait pas d'autres moyens. Il allait en baver, elle lui ferait tout payer : sa dot, sa part d'épicerie, ses pneus d'hiver, le fric quand l'auto craque, feu le troc tout à trac; c'était écrit et décidé, c'était sa destinée; oui, elle l'aurait à l'usure. Et elle retourna au bureau finir sa journée, emportée par quelque nouvel appétit de vivre auquel elle ne fit aucunement attention. Et quand la nuit tomba; Agathe ne s'endormit pas.

La nature est ainsi faite que ce fut Agathe qui avala tout rond notre homme. Il y a fort à parier que c'est en raison d'un principe remontant à la plus haute antiquité, un principe naturel voulant que le plus maigre se nourrisse du plus dodu.

Table des matières

L'appartenance 7

Le monde de l'envers 17

Morale en rase-mottes 24

Viande à chien 33

L'épuisement du masculin 41

Rechute 49

La langue verte 58

Blablabla et bla et bluff 72

Descendance 80

La cité perdue de Morelia 87

Teotihuacan 94

Effets secondaires 106

Le déni 116

Les fondements 125

French culture in America 145

Rencontre du 4e type 156

Le fouillis des grands heurts 177

Froufrous et chichis 190

La vieille quérulente 199

Agathe et Néron 210

DU MÊME ÉDITEUR

Collection Migrations

France Boisvert
Un vernis de culture, nouvelles

Karine Rosso
Histoires sans Dieu, nouvelles

Collection de la Grenouille bleue

Marjolaine Bouchard
L'échappée des petites maisons, roman

Pascale Bourassa
Le puits, roman

Yves Chevrier
Pourquoi je n'ai pas pleuré mon frère, roman

Patrick Dion
Fol allié, roman

Alain Gagnon
Propos pour Jacob, essai

Frédéric Gagnon
Nirvana blues, roman

Caroline Moreno
Château de banlieue, roman

Jean-Marc Ouellet
L'homme des jours oubliés, roman

Michel Samson
Ombres sereines, récits

Dany Tremblay
Le musée des choses, nouvelles
Tous les chemins mènent à l'ombre, nouvelles

François Vadeboncœur
Maria De Colores, roman

Jean-Pierre Vidal
Petites morts et autres contrariétés, nouvelles

Un vernis de culture,
deuxième ouvrage de la collection « Migrations »,
a été achevé d'imprimer à Gatineau,
sur les presses de l'Imprimerie Gauvin,
en novembre deux mille treize
pour le compte des Éditions de La Grenouillère.

MIXTE
Papier issu de
sources responsables
FSC® C100212